Carlo Goldoni

Il vecchio bizzarro

IL VECCHIO BIZZARRO

Questa Commedia in tre atti in prosa fu rappresentata per la prima volta

in Venezia nel Carnovale dell'anno 1754.

A SUA ECCELLENZA

IL SIGNOR

GIOVANNI BONFADINI

PATRIZIO VENETO

La prima delle mie Commedie stampate, Eccellentissimo Signor Giovanni, fu la Donna di Garbo, collocata nel primo Tomo della edizione di Bettinelli, e nel quinto in quella di Paperini, ed ebbi l'onore di consacrarla, come una primizia dei frutti del mio talento, alla Nobilissima Dama, la Signora Andriana Dolfìn Bonfadini, vostra amorosissima Genitrice, e mia Protettrice benefica e generosa. Ciò poteva bastare per un pubblico segno dell'ossequio mio verso di Lei, Dama illustre di meriti e di virtù ripiena, verso l'Eccellentissimo Signor Francesco, egregio Genitore vostro, Senatore amplissimo, e verso la Casa tutta ch'io venero, spiegato avendo in allora, alla meglio ch'io seppi, e i fregi della Famiglia, e quelli delle persone, e gli obblighi miei infiniti verso di loro, e le ragioni che m'inducevano a preferire a qualunque altra persona questa mia benignissima Protettrice. Prescindendo ora da tutto questo, a Voi rivolgomi specialmente, Cavaliere umanissimo, per quelle grazie particolari che m'impartite, e questa mia Commedia a Voi dirigo, ed offerisco, e consacro, pel genio comico che virtuosamente vi divertisce, per la protezione che alle opere mie donate, e per quegli obblighi che precisamente vi devo. Il Vecchio bizzarro a Voi certamente mal converrebbe, che siete un giovane di talento e di spirito. Ma un tal carattere non vi può esser discaro, rappresentandolo Voi ordinariamente nell'amena e gioconda Villeggiatura di Bagnoli del vostro Amico e Cugino, e mio Protettore benefico, l'Eccellentissimo Signor Conte Lodovico Widiman, più volte ne' fogli miei ossequiosamente lodato. La parte a Voi prediletta suol essere quella del Dottor Bolognese, il quale con una maschera che copre il naso e la fronte, presenta una faccia di cotal uomo che abbia sortito dalla natura una di quelle macchie visibili, che col nome di voglia si chiamano volgarmente, e rendono la persona diforme, da che precisamente ebbe origine una simile caricatura, copiata dal naturale in quel secolo in cui dagli uomini forensi ancora si portavano per ornamento le basette, o i mostacchi. A Voi la lingua Bolognese riesce meno straniera e difficile, sendo stato parecchi anni in educazione nel Collegio di Modona, ove quantunque intervengano

Nobili Giovanetti di ogni nazione, prevale in qualche modo il nazionale linguaggio, il quale alle nostre orecchie non comparisce moltissimo dal Bolognese distante. Infatti abbiamo avuti nei nostri Teatri in Venezia, e ne hanno avuto parimente i Milanesi, i Fiorentini, i Romani, dei Dottori in Commedia d'altro paese fuor di Bologna; siccome in altre parti, da noi non molto remote, dei Pantaloni stati sono e sofferti, e applauditi, che Veneziani non erano, e non avevano della nostra lingua che una semplice infarinatura, ed una pratica materiale nell'uso del lor mestiere. Ma a tutti questi de' quali ora vi parlo, ed a moltissimi nazionali ancora dei luoghi da dove i Vecchi delle Commedie son tratti, prevale, Eccellentissimo Signor Giovanni, la vostra facondia, la grazia naturale che possedete, il brio, e lo spirito, e la prontezza con cui negl'impegni comici sapete animar le scene, aggiungendo alla pratica che fatta avete di tal carattere, il sapere e l'erudizione che manca ordinariamente ai Comici mercenari, nel basso mestiere grossolanamente instrutti, e nella povera condizione loro educati. Nel decimo Tomo della mia Fiorentina edizione, addrizzando a S. E. il Signor Pietro Priuli, amico e parente vostro, e nel comico divertimento collega, la quarantesima ottava Commedia, intitolata il Prodigo, accennai parecchie cose intorno alla Nobile compagnia di Bagnoli, e ne feci la descrizione esatta in un Veneziano Poemetto intitolato il Burchiello, per le Nozze di S. E. il Signor Alvise Priuli colla Nobil Donna la Signora Lucrezia Martin. Dissi che in occasione di detta Villeggiatura varie Commedie all'improvviso furono da me composte, e dagli ospiti valorosi egregiamente rappresentate; ma in una principalmente, che avea per titolo Le due Cameriere, riusciste Voi sì bene, che tutti faceste maravigliare. Era per l'appunto la parte vostra del Dottor Bolognese il carattere di un Vecchio bizzarro posto fra due graziosi amoretti, giocati mirabilmente da due Cameriere vezzose, una d'indole seria, l'altra di costume brillante, rappresentata la prima da S. E. la Signora Cecilia Zorzi, e la seconda da S. E. la Signora Loredana Priuli, che con diverso sistema operando, lasciarono indeciso negli uditori di chi di loro fosse maggiore il merito, e l'abilità e la prontezza. Voi in mezzo di queste due faceste la miglior figura del mondo; tanti furono i sali, le facezie e le cose buone che vi sapeste innestare, che io non avrei certamente saputo scrivere la vostra parte né più comica, né più brillante.

Ma temo che la mia compiacenza sopra di questo punto facendomi dilatare soverchiamente, vaglia a far credere a quelli che non vi conoscono, che in sì picciola cosa abbiasi confinato il vostro talento; e vorrei potere dal canto mio rendervi quella giustizia che meritate in tutte quelle parti che signorilmente vi adornano, per dar rissalto alle vostre virtù, ai vostri meriti, ed alle vostre ammirabili prerogative. Sino dai primi anni della gioventù vi dichiaraste parziale dei buoni studi, delle scienze, della filosofia, delle belle lettere, e coltivando in appresso un così bel genio, vi formaste un perfetto conoscitore, un erudito Cavaliere, serbando anche in ciò quella discreta moderazione con cui nei piaceri di questa vita sapete onestamente prendere la vostra parte. In quelle onorifiche cariche, in quei Magistrati che la Repubblica Serenissima a misura della età vostra vi ha finora appoggiati, spiccò talmente il vostro sapere, e la diligentissima attenzione vostra, che dai primi saggi del vostro talento può argomentarsi qual sarete per divenire in Repubblica, e quali fortunati progressi da Voi si aspettino i Congiunti vostri ed i vostri Concittadini; ed io, che ebbi l'onorato carico parecchie volte di tesser rime ed encomi agli Eroi di questa Patria Gloriosa, ai primi gradi innalzati dal merito e dalla virtù, se tanta vita Dio mi concede, spero dover cantare di Voi luminosissime cose, in occasione di giubbilo, di gloria vostra e di consolazione comune.

Il vostro magnanimo Genitore, che dopo aver servito con vero zelo e con ammirabile decoro la Patria, ebbe da essa la ricompensa sublime della Dignità Senatoria, passatovi per la via insigne del Tribunale più eccelso, egli vi apre la strada agli onori, alle cariche, alle dignità, e Voi, non meno che l'Eccellentissimo Signor Pietro, Fratello vostro degnissimo, siete nella virtuosa gara costituiti di far decidere al chi più vaglia, e più sollecitamente, ad ingrandir maggiormente il sangue illustre della vostra Famiglia, la fama dei vostri meriti, e la grata riconoscenza della Repubblica Serenissima.

Pieno di così viva speranza, godo dello stato vostro presente, e delle venture felicità che vi aspettano, e già che l'età vostra il consente, vi offro per ora il divertimento di una Commedia, risserbandomi nelle occasioni più fortunate ad innalzar la mia musa coi cantici delle vostre Glorie. Seguite pure di buona voglia l'esercizio piacevole delle Commedie, le quali, non solo vagliono a divertirvi, ma possono eziandio esseri di giovamento. Quell'avvezzarsi a parlare al pubblico è pure lodevol cosa. L'arte sì famigliare agli antichi Romani si è perfettamente in queste fortunate Lagune trasfusa e perfezionata. Nascono fra di noi gli Oratori; chi al Senato, chi al Foro con ammirabile naturale facondia sa difendere le cause pubbliche e le ragioni private. È un pregio e un abito della Nazione la naturale disposizione agli aringhi, la prontezza del dire, la energia delle dispute, la forza degli argomenti, la chiarezza, la fecondità dello stile. Oltre alla natura benefica, l'esempio de' Vecchi ammaestra la Gioventù e in questa l'esercizio avvalora l'istinto. Tutte le arti si vengono a perfezionare per gradi, e loderei sommamente che a tutti gli altri piacevoli trattenimenti che ai Giovinetti si accordano, quello si preferisse di esporsi ai pubblico dalle Scene. Molti si trovano di talento e di sapere forniti, che pensano giustamente, e capaci sono in privato di un buon consiglio ma temono le azioni pubbliche; e manca loro il coraggio. Ciò accade ordinariamente perché non ne sono avvezzati, onde quantunque siano le Scene dal Foro e dai Magistrati remote, l'azione è similmente azzardosa, allorché trattasi di parlare da un luogo pubblico ad un numero di persone raccoltesi per ascoltare; e chi bene abbia riuscito in questo sopra le Scene, se non avrà le cognizioni che al buon legale o al bravo Repubblichista son necessarie, avrà superata almeno la massima difficoltà, che suol consistere nell'apprensione, ha tutti i numeri necessari, e per le piccole e per le grandi imprese; ha bisogno meno degli altri di tali esperimenti per esercitare la sua facondia e la prontezza del suo intelletto, ma ciò non ostante seguiti pure, e non abbandoni il bel piacere delle Commedie. Queste recano un altro bene alla Gioventù: La divertiscono dai trattenimenti meno innocenti, e qualche volta pericolosi. Guai al mondo se non vi fossero dei Teatri. Tutti i Principi li credono necessari. Un Capitano d'armata, fuori dei militari conflitti, pensa immediatamente a divertire la Truppa con i Teatri; questi impediscono i progressi del gioco, e traviano dalle insidie amorose. Parlo di que' Teatri che onesti sono e morigerati. Non di quelli di mal esempio, che si figurano i Moralisti colle loro invettive, de' quali a' dì nostri, per la Dio grazia, si è perduta per fin la memoria.

Ma sul finire di questo foglio, mi si presenta all'idea un rimprovero che l'E. V. può farmi. Io lodo Voi che tanto mirabilmente il Dottor Bolognese rappresentate, e pare che dalle mie Commedie lo abbia sbandito. Mi giustifico brevemente. Prima di tutto, io non ho l'abilità di scrivere quella lingua, come Voi la parlate. In secondo luogo, senza far torto alle Maschere che ora abbiamo, pericoloso mi riuscì sempre, ed infelice talvolta il valermene, stanco il Pubblico forse di veder sempre le cose solite, amante della novità sulle Scene.

Dovendo scrivere per Bagnoli, non lascierò da parte il Dottore, veggendolo in tanta grazia del popolo che lo applaudisce. So anch'io conoscere i miei vantaggi per la miglior riuscita delle mie produzioni, e so altresì che miglior fortuna non posso desiderarmi, oltre quella della grazia e protezione vostra umanissima, alla quale ossequiosamente mi raccomando.

Di V.E.

Umiliss. Dev. Obblig. Servidore

CARLO GOLDONI

<h1 style="text-align:center">L'AUTORE A CHI LEGGE</h1>

Nel rivedere la presente Commedia coll'oggetto di darla al torchio, la memoria mi suggerisce l'evento sfortunato ch'ella ebbe sopra le Scene, allora quando fu per la prima volta prodotta, e mi sovviene, che allora subito desiderai di poterla stampare, perché il Pubblico avendola sotto l'occhio, sapesse dirmi con verità, se tanto parea cattiva in leggendola, quanto apparve nella sua rappresentazione. S'io mi credessi ch'ella tal fosse, quale in allora fu giudicata, vorrei nasconderla, vorrei lacerarla, anziché a nuovi insulti esporla miseramente; ma esaminandola senza passione, non parmi essere indegna di quel generoso compatimento, che tante altre Commedie mie, di questa ancora più difettose, hanno dal Pubblico riportato. Molte combinazioni si uniscono spesse volte per fare che scomparisca un'opera sfortunata; e molte altresì favorevoli contribuiscono all'esito avventuroso. Nell'anno primo ch'io presi a scrivere per la Compagnia del Teatro de' Nobili Vendramini, fatta non avea in pochi mesi la pratica delle persone che la componevano, e andava cercando in ognuno l'abilità e il carattere per far qualche cosa di nuovo. Eravi in allora un celebre Pantalone, di cui vive ancor la memoria dopo la morte della persona; e mi lusingai, che quanto era egli valente colla sua maschera, potesse riuscire egualmente col volto scoperto; e quanto era lepido e gentile nelle conversazioni, avesse a comparire, nel suo naturale aspetto, piacevole sulla Scena. Scelsi per tal oggetto un carattere non meno grazioso che cognito e familiare nel paese nostro, uno cioè di quei Vecchi bizzarri, che noi vediamo frequentemente, i quali avendo passata l'età migliore con della vivacità e dello spirito, conservano nella vecchiaia lo stesso brio, la stessa disinvoltura. Certi tali uomini popolari, spiritosi, brillanti, da noi si chiamano *Cortesani*; e siccome altre volte aveva io dato alle Scene il loro carattere in gioventù, pensai farlo comparire nella sua verità conservato nella vecchiaia, e intitolai la Commedia *Il Cortesan Vecchio*, ch'è lo stesso che dire *Il Vecchio Bizzarro*. Lettor carissimo, se di quelli non sei che lo ha veduto rappresentare, non puoi figurarti l'irritamento del Popolo contro di esso, e le ingiurie che contro di me medesimo si scagliarono in quella occasione.

È vero che la Commedia riuscì malissimo; il personaggio suddetto, ch'era l'attor principale, avvezzo sempre a recitar colla maschera, e all'improvviso, si trovò talmente imbarazzato e confuso, che parea un principiante, e in luogo di animare le cose, come era solito, le faceva miseramente languire. Qualche altro personaggio, posto come lui nell'impegno di recitare le cose scritte, contro l'antico di lui costume, si confuse egualmente; e là dove la Commedia dovea brillare,

Non cadde no, precipitò dal Palco.

Compatisco il popolo, che s'è annoiato; io medesimo non ebbi la tolleranza di vedere il fine della Commedia; partii dal Teatro per sollevarmi, e per mia mala sorte andai a terminar la sera al *Ridotto*. Colà sogliono ragunarsi le Maschere, terminato il teatrale divertimento ed ivi si sentono gli elogi o i biasimi delle rappresentazioni vedute, e specialmente la prima sera delle cose nuove rappresentate; là si pronunziano i giudizi, per lo più appassionati, e le sentenze barbare ed inumane. Fu per me un caro divertimento sentirmi strapazzare nella più sonora e caricata maniera che dar si possa; e la maschera che mi copriva, mi dava campo di penetrare nei circoli senza essere conosciuto, e di godermi le ingiurie delle quali mi caricavano. Non si fermavano già a discorrere della Commedia, a rilevarne giudiziosamente i difetti, e molto meno a criticarne gli Attori; ma contro di me eccitati, io era l'unico scopo delle satire e delle invettive. Non mancarono degli amici miei, che si provavano per difendermi, ma guai a loro, se continuavano, li avrebbero lapidati. Se a dir movevasi alcuno, essere stata la colpa di qualche Attore, rispondevano in dieci: no non è vero, la colpa è sol del Poeta. Se rifletteva alcun altro, essere compatibile il Poeta istesso, dopo averne un sì gran numero pubblicate, eravi chi rispondeva: ha finito, ha finito, vuotato è il sacco; ed una signora maschera di genere femminino, che ho conosciuto benissimo, sedendo ad un tavolino, ove da quattro galantuomini si giuocava al *Tresette* inquietando la partita loro, perché applauso facessero alla sua voce stridula ed alle sciocche parole che pronunciava, mostrandosi di me informata, quantunque io non abbia avuto mai la disgrazia di praticarla, disse ch'ella sapeva benissimo, ch'io era per lo passato provveduto del comodo di una buona raccolta di Commedie di vari tempi, incognite all'universale, dalle quali avea copiato tutto quel poco di buono che erasi di mio veduto, e che questa venuta al fine, io era rimasto in secco. Di questa signora maschera ho dato un cenno nella prefazione seconda del Tomo Ottavo della edizione mia Fiorentina, al proposito degl'Imprudenti; e se ora mi do l'onore di nuovamente ricordarmi di lei, non è che per l'occasione profittevole che mi si presenta, e per dirle che il magazzino delle Commedie incognite non era in quel tempo altrimenti finito; poiché ne ho prodotte dopo d'allora altre venti almeno per la maggior parte felici, e tuttavia ne vo producendo.

Una cosa mi ha sempre fatto grandissima specie, e non posso dissimularla, e non mi avvezzerò mai a soffrirla senza maravigliarmi, e senza provarne sensibile dispiacenza. Che le Commedie mie non incontrino, non è maraviglia, anzi per lo contrario consolar mi deggio, che senza merito molte di esse vengono bene accolte e benignamente applaudite. Ma dopo il fortunato incontro di una Commedia, come successe in quell'anno medesimo alla *Sposa Persiana*, rappresentata trentadue volte con un concorso e con uno strepito universale sì grande, subito dopo, trovandosi il popolo malcontento di un'altra, abbiasi a dimenticare sì presto la sua compiacenza, e il merito che fortunatamente ho avuto di divertirlo; e in premio almeno delle mie fatiche non abbia la carità di compatirmi, e voglia con gli strapazzi ricompensare le mie fatiche, è una bibita troppo amara, e basterebbe a disanimarmi, se gl'impegni miei non mi tenessero incatenato. Ma il Pubblico è un capo che non ragiona se non col proprio piacere, e nella confusione di tanti oggetti raccolti, i nemici si sfogano dove trovano il campo aperto a poterlo fare; e gli amici istessi pare che si vergognino a giustificare l'Autore, nelle occasioni dei suoi difetti o delle sue sfortune.

Stampandosi ora questa male avventurata Commedia, spero non averà l'incontro di prima. Lascio al Lettore la libertà di considerarla da per se stesso; e siccome non fu partitamente attaccata, è inutile ch'io la difenda con apologia più particolare. Temendo non mi succeda lo stesso s'ella venisse qualche altra volta rappresentata per la difficoltà di ritrovare un Vecchio grazioso senza la maschera, l'ho posta io medesimo presentemente al Vecchio Bizzarro, facendolo rappresentare dal nostro benemerito Pantalone.

PERSONAGGI

PANTALONE de' BISOGNOSI *vecchio bizzarro*

CELIO *ipocondriaco*

OTTAVIO *Livornese*

FLORINDO *Livornese*

FLAMINIA *sorella di Florindo*

CLARICE *nipote di Celio*

ARGENTINA *serva di Flaminia*

BRIGHELLA *servitore di Ottavio*

TRACCAGNINO *servitore di Celio*

MARTINO *Veneziano, giocatore*

Un SERVITORE *del casino*

Un BRAVO *che parla*

Un Bravo *che non parla*

La Scena si rappresenta in Venezia.

ATTO PRIMO

SCENA PRIMA

Casino di giuoco con tavolini e sedie.

MARTINO *che taglia alla bassetta ad un tavolino,* OTTAVIO *e* FLORINDO *che puntano.*

OTT. Va il *due* a quattro ducati.

MART. Va. *Do* xe andà.

FLOR. Signor Ottavio, oggi avete la fortuna contraria, Vi consiglio non riscaldarvi.

OTT. Lasciatemi fare. Non mi parlate sul giuoco.

MART. *Do* ha perso. Voggio quattro ducati. (*mescola le carte*)

OTT. Già lo sapeva. Sia maledetto chi mi parla sul giuoco.

FLOR. Se parlo, lo faccio per vostro bene. Se non aveste ad essere mio cognato, non parlerei.

OTT. Se maritandomi credessi di dover ritornare ad essere figlio di famiglia, vorrei lacerare il contratto.

FLOR. Ed io, se credessi di rovinar mia sorella con un giocatore ostinato, vorrei domani partir di Venezia, e ricondurla a Livorno.

OTT. Conducetela dove volete. *Due* al resto di venti ducati.

FLOR. Non avete parlato ad un sordo.

MART. *Do* al resto de vinti ducati. La diga, patron, che monede zoghemio?

OTT. Sono un uomo d'onore. Son conosciuto. Se vincerete, vi pagherò.

FLOR. (Se torna da me per aver denari, non gliene do più certamente). (*da sé*)

MART. *Do*. Voggio vinti ducati. (*mescola le carte*)

OTT. Per pietà, Florindo, andate via.

FLOR. Questo è casino pubblico. Voi non avete autorità di scacciarmi.

OTT. Non vi discaccio. Vi prego non mi dar soggezione.

FLOR. Vergognatevi. (*s'alza, e parte*)

OTT. Al *due* alla pace.

MART. *Do* a far pace. (*taglia*)

SCENA SECONDA

PANTALONE *e detti.*

PANT. Schiavo, patroni.

MART. Schiavo, sior Pantalon.

PANT. Compare Martin, sioria vostra. Come vala?

MART. La sticchemo.

OTT. Si giuoca, o non si giuoca? (*a Martino*)

MART. *Do* alla pace. Son con ella; no la se scalda, patron.

PANT. Va un ponto.

MART. Va quel che volè.

PANT. Se contentela? (*ad Ottavio*)

OTT. Sì, ho piacere che mi accompagniate il punto.

PANT. *Otto* a un ducato. (*mette il ducato*)

MART. *Otto*, ponto stravagante: va l'*otto*.

PANT. E se me lo dè, vederè cossa fazzo.

MART. Lo metteu al più?

PANT. Tirè de longo.

MART. *Otto*, avè vadagnà. Va altro?

PANT. Lassè véder mo.

MART. Tolè el ducato.

PANT. Ghe l'ho cavada. Lo metto in berta e no zogo altro.

MART. Compatime, compare, no la xe da par vostro.

PANT. Ste otto lire le vago a gòder all'ostaria. Semo quattro amici, ve faremo un brindese.

MART. Eh via, mettè la vostra segonda.

PANT. I me aspetta. No zogo altro.

OTT. Badate a me, signore, che ho messo una posta di venti ducati. Non mi state a seccare per un ducato. (*a Martino*)

MART. Caro sior, stimo più quel ducato, che no stimo i so vinti.

OTT. Per qual ragione? Avete timore ch'io non vi paghi?

MART. No so gnente. (*giuoca*)

PANT. (Vegnighe sotto a ste giozze). (*da sé*)

MART. *Do*, vôi quaranta ducati.

OTT. Va.

MART. No va altro.

OTT. Mantenetemi giuoco.

MART. Quaranta ducati, no voggio altro. (*s'alza e mette via il denaro*)

OTT. Me ne avete guadagnato cento in contanti.

MART. Me despiase che i sia pochetti.

PANT. (Oh che fio!) (*da sé*)

OTT. Non è giocare da galantuomo.

MART. Védela ste carte? Cossa vorla zogar, che ghe dago el ponto in fazza?

OTT. Che punto in faccia? Siete voi baratore?

MART. A mi barador? De sta parola me ne renderè conto.

PANT. Via, molèghe, sior Martin, molèghe.

OTT. Son capace di darvi qualunque soddisfazione.

PANT. Sior foresto, no la se scalda.

OTT. La spada la so tenere in mano.

PANT. Vardè, se passasse quel della sémola.

MART. Ve la magnerò quella spada.

PANT. Cavève, sior bulo magro. (*a Martino*)

MART. Sior Pantalon, co mi no ve ne impazzè.

PANT. Coss'è, ve brùselo quel ducato che avè perso?

OTT. Colui è un briccone. (*a Pantalone*)

MART. A mi briccon? (*mette mano a uno stile*)

PANT. Via, sier canapiolo. (*con un pugnale lo fa star indietro*)

OTT. Ti ucciderò. (*mette mano alla spada*)

PANT. Alto là, patron. (*si mette contro Ottavio*)

MART. Vien avanti.

PANT. Cavève. (*a Martino*)

MART. Son capace...

PANT. Cavève, ve digo. (*minacciandolo*)

MART. Anca vu contro la patria?

PANT. No xe vero gnente. Son un bon venezian. Per i mii patrioti son capace de farme taggiar a tocchi, ma no posso soffrir che un Venezian fazza una mala grazia a un foresto. Gh'avè torto, sior. Gh'avè vadagnà i bezzi, e l'avè piantà malamente. No digo che fussi obbligà a mantegnirghe ziogo sulla parola; ma a un omo che ha perso, a un omo che xe caldo dal zogo, no se ghe parla cussì. El ponto in fazza? El stiletto in man? I omeni onorati no i fa cussì.

MART. Voggio i mi quaranta ducati.

PANT. Adesso no i podè pretender; doman la discorreremo.

MART. Vu no gh'intrè per gnente. (*a Pantalone*)

PANT. Se no gh'intro, ghe voggio intrar; e andè via de qua.

MART. Sangue de diana!

PANT. Qua no ghe xe siora Diana, né siora Stella. Andè via, che sarà meggio per vu.

MART. Coss'è sto manazzar? Voggio star qua.

PANT. Via, sior cagadonao. (*minacciandolo*)

MART. Se catteremo. (*fuggendo via*)

SCENA TERZA

OTTAVIO *e* PANTALONE.

PANT. Polentina calda.

OTT. Signore, sono obbligato al vostro cortese amore, ma credetemi che colui non mi faceva paura.

PANT. Me par de cognosserla ella.

OTT. Sono Ottavio Gandolfi per obbedirvi.

PANT. El novizzo de siora Flamminia?

OTT. Sì signore, quello che doveva sposare la signora Flaminia. La conoscete?

PANT. La conosso, perché la sta in casa de sior Celio, mio caro amigo.

OTT. Sì, è venuta a Venezia in compagnia della signora Clarice, nipote del signor Celio.

PANT. E ella, patron, xela vegnua con lori?

OTT. Non signore io sono qui da tre anni in circa per una lite. In Livorno eravamo amici con il signor Florindo, e qualche trattato vi fu sin d'allora fra la di lui sorella e me: ora poi, coll'occasione che ci siamo riveduti, si è ripigliato l'affare, e si è anche quasi concluso.

PANT. Ghe vala in casa del sior Celio?

OTT. Poche volte.

PANT. Digo ben; mi no ghe l'ho mai vista.

OTT. Vossignoria pratica dunque in quella casa.

PANT. Sior sì, semo amici co sior Celio. El xe un bon galantomo. Peccà che el patissa i flati ipocondriaci. La saverà anca ella; el xe un raner de vintiquattro carati.

OTT. È bene altrettanto spiritosa la di lui nipote.

PANT. La conossela siora Clarice?

OTT. L'ho conosciuta a Livorno, quando colà conviveva il di lei padre, fratello del signor Celio; e poi due volte l'ho qui veduta in casa d'una Fiorentina, in compagnia della signora Flaminia.

PANT. La xe fia unica de un pare che negoziava, e de un barba che gh'ha del soo. La gh'averà una bona dota.

OTT. Dicono però che non arrivi a diecimila ducati.

PANT. E siora Flaminia?

OTT. Ella ne averà trentamila.

PANT. Me ne consolo con ella, signor. La farà un bon negozio.

OTT. Signore, ho piacere d'aver avuto la fortuna di conoscervi. Il vostro nome?

PANT. Pantalon, per servirla.

OTT. Signor Pantalone, all'onore di rivedervi. (*in atto di partire.*)

PANT. L'aspetta, patron; perché, avanti che la vaga via, gh'ho da parlar.

OTT. Che cosa avete da comandarmi?

PANT. L'ha visto che mi, senza conoscerla, solamente per zelo dell'onestà e della giustizia, me son intramesso tra ella e sior Martin, parendome che el trattasse mal, e che el ghe usasse superchieria.

OTT. È vero, di ciò vi sono obbligato.

PANT. Ma no basta.

OTT. Che cosa devo fare di più?

PANT. No ala perso sulla parola quaranta ducati?

OTT. È vero: li ho perduti.

PANT. Bisogna che la li paga.

OTT. Li pagherò.

PANT. Mo quando li pagherala?

OTT. Aspetto le mie rimesse.

PANT. No s'ha da aspettar le rimesse. La li ha da pagar drento de vintiquattro ore.

OTT. Colui che mi ha guadagnato, non è persona che meriti una rigorosa pontualità.

PANT. La pontualità, patron caro, no la riguarda quel che ha da aver, ma quel che ha da dar. Avanti de zogar, bisognava considerar se el ziogador giera degno de ella; adesso el xe un creditor, e un creditor de zogo, che in ogni maniera s'ha da pagar. Mi m'ho intromesso, perché nol ghe usa un insulto, ma no perché nol sia sodisfà; e adesso, oltre la so reputazion, ghe xe de mezzo la mia, e ghe digo che la lo paga, e se no la lo pagherà, l'averà da far con mi. La toga la cossa da bona banda. Son un omo che parla schietto, son uno che non ha mai sofferto bulae; ma che ha sempre condannà le cattive azion. La ghe pensa, e ghe son servitor. (*parte*)

SCENA QUARTA

Ottavio, *poi il* Servitor *del casino.*

OTT. Anche questi mi vuol soverchiare. Ma no, per dir il vero, ha ragione; parla da uomo, e deggio arrendermi alla verità. Ho perduto, mi convien pagare. Vi va della mia riputazione. Quest'uomo pratica in una casa dove son conosciuto. Chi è di là?

SERV. Comandi.

OTT. Vi è il mio servitore?

SERV. Sì signore; vi è.

OTT. Che venga qui.

SERV. La servo. (*parte*)

SCENA QUINTA

Ottavio, *poi* Brighella.

OTT. Il non aver denari non è scusa che basti nelle contingenze in cui sono; conviene ritrovarne, e pagare.

BRIGH. Son qua alla so obbedienza.

OTT. Brighella, ho bisogno ti te.

BRIGH. La me comandi.

OTT. Ho perduto al giuoco. Ho necessità di denaro. Prendi quest'anello, e trovami cinquanta zecchini.

BRIGH. Vederò de servirla... ma me despiase...

OTT. Che cosa?

BRIGH. Che se stenta a trovar danari senza pagar un diavolo de usura.

OTT. Ingegnati. Fa quel che puoi. Migliora il negozio più che sia possibile; ma soprattutto la prestezza ti raccomando.

BRIGH. Se è lecito, ala perso assae sulla parola?

OTT. Quaranta ducati d'argento.

BRIGH. E la vol cinquanta zecchini?

OTT. Ho da restar senza un soldo?

BRIGH. La tornerà a zogar.

OTT. Sì, voglio veder di rifarmi. (*parte*)

BRIGH. Sior anello carissimo, sentì el pronostico che ve fa un vostro bon servitor. Vu passarè in te le man de un omo da ben che ve custodirà con zelusia e con amor, e no vederè più la fazza del vostro primo patron. Se lu el ve repudia, troverè chi ve sposerà, ma se mi ho da esser el vostro mezzan, sior anello carissimo ha da toccar a vu a pagarme la sansaria. (*parte*)

SCENA SESTA

Camera di Celio.

CELIO, *poi* TRACCAGNINO.

TRACC. Signor.

16

CEL. Portami uno scaldino con del fuoco.

TRACC. La servo.

CEL. Aspetta. Guardami un poco in viso. Che ti pare? Sono pallido? Ho cattiva ciera?

TRACC. Se sì grasso come un porco.

CEL. La grassezza non serve. Bisogna osservare il color del viso.

TRACC. Sì rosso come un gambaro.

CEL. Rosso? Assai rosso?

TRACC. Rosso come el scarlatto.

CEL. Mi sento del calore alla testa. Dammi uno specchio.

TRACC. Un specchio? Da cossa far?

CEL. Voglio vedere che sorte di rosso è.

TRACC. Eh via, che mattezzi!

CEL. Voglio lo specchio, ti dico.

TRACC. El fogo lo vorla?

CEL. No, non voglio altro fuoco. Ho la testa calda.

TRACC. Vago a tor el specchio.

CEL. Fa presto... Mi par d'avere le fiamme nel viso.

TRACC. (È vero, tutto el so mal l'è in te la testa). (*parte poi ritorna*)

CEL. Mi si potrebbe formare una postema nel capo. Questi umori vaganti, questi sieri acri, mordaci, si potrebbero fissare... (*si tasta il polso*) Ho un polso molto cattivo. (*si tasta l'altro*) E questo non corrisponde a quest'altro.

TRACC. Son qua col specchio.

CEL. Traccagnino, vieni qui. Tastami un poco il polso.

TRACC. El polso? dove?

CEL. Qui, qui, il polso. Non sai dov'è il polso che ordinariamente si tasta?

TRACC. Sior sì, lo so.

CEL. Senti dunque. (*gli dà il braccio*)

TRACC. Mi no sento gnente.

CEL. Non senti battere il polso?

TRACC. Dov'elo el polso?

CEL. Non lo trovi?

TRACC. Mi no lo trovo.

CEL. Povero me! Cercalo; senti bene.

TRACC. Mi no sento gnente.

CEL. Ah Traccagnino, per carità, va a chiamare il medico.

TRACC. Vorla el specchio?

CEL. No... sì... lascia vedere. Non ci vedo. Mi viene qualche gran male. Presto un cerusico.

TRACC. Dove l'oio d'andar a cercar?

CEL. Mi manca il respiro. Portami qualche cosa.

TRACC. Cossa gh'oi da portar?

CEL. Un bicchier d'acqua. Presto, che non posso più.

TRACC. (Sia maledetto i matti). (*da sé, e parte*)

CEL. Sento che non posso nemmeno parlare. Mi s'ingrossa la lingua.

SCENA SETTIMA

PANTALONE *e* CELIO.

PANT. Amigo, se pol vegnir?

CEL. Ah, il cielo vi ha mandato.

PANT. Cossa gh'è de niovo?

CEL. Tastatemi il polso.

18

PANT. Semo qua colle solite rane.

CEL. Voi non mi credete, ed io mi sento un gran male. Tastatemi il polso per carità.

PANT. Con quel muso?

CEL. Ma se ora casco; se non ho più polsi! (*tastandosi*)

PANT. Lassè sentir mo.

CEL. Tenete. (*gli dà il polso*)

PANT. Oh bello! (*tastandolo*)

CEL. Ah?

PANT. Oh caro!

CEL. Che?

PANT. Una, do, tre e quattro. (*come sopra*)

CEL. Quattro, che?

PANT. Quattro rane, una più bella dell'altra.

CEL. Va bene?

PANT. Sì, el va ben. No gh'avè gnente a sto mondo.

CEL. Sentite quest'altro.

PANT. Aspettè, che ve tasterò el polso dove che stè pezo.

CEL. Dove?

PANT. Qua, compare. (*gli mette una mano sulla fronte*)

CEL. È calda la fronte?

PANT. I sbazzega. (*scuotendogli il capo*)

CEL. Non fate così, che le cervelle si possono distaccare dal cranio.

PANT. Amigo caro, me xe stà dito, che stè poco ben, e son vegnù a posta per farve varir.

CEL. Come?

PANT. Vegnì con mi.

CEL. Da qualche medico forse?

PANT. Sì ben: da un miedego che ve varirà.

CEL. Questo signore non potrebbe venir da me?

PANT. *Non potrebbe.*

CEL. E dove sta?

PANT. Poco lontan: al Salvadego.

CEL. Al Selvatico? All'osteria?

PANT. Sì ben, e saveu cossa che ha da esser el vostro medicamento? Magnar, bever, e star allegramente con quattro galantomeni, e vu, che fa cinque.

CEL. Ci verrei volentieri, ma ho paura.

PANT. Paura de che?

CEL. Non istò bene. (*si tasta il polso*)

PANT. E sempre col polso in man. Se farè cussì, deventerè matto.

SCENA OTTAVA

TRACCAGNINO *con acqua, e detti.*

TRACC. Son qua coll'acqua.

PANT. Da cossa far?

CEL. Da bevere per me.

PANT. Eh, che l'acqua imarzisce i pali. Gh'aveu vin de Cipro in casa?

CEL. Ne ho; ma non ne beverei per tutto l'oro del mondo.

PANT. Se no ghe ne bevè vu, ghe ne bevo mi. Porta del vin de Cipro. (*a Traccagnino*)

TRACC. Questo l'intende meio del me patron. (*parte*)

CEL. L'acqua non volete ch'io la beva?

PANT. Sior no. Aspettè un poco.

CEL. (Si tocca il polso)

PANT. Velo là col polso in man.

CEL. Non mi tocco niente io.

PANT. E cussì, vegnìu a disnar con nu?

CEL. Se non avessi paura che mi facesse male.

PANT. Lasseve governar da mi, no ve dubitè gnente.

CEL. Ma avvertite che voglio bever acqua.

PANT. Lasseve regolar da mi.

TRACC. Ecco qua el vin de Cipro. (*Traccagnino torna con una bottiglia*)

PANT. Lassè véder, e andè a bon viazo. (*versa il vino nel bicchiere*)

TRACC. De sto medicamento ghe ne vôi anca mi. (*parte*)

PANT. Se ve dasse sto gotto de vin, lo beveressi?

CEL. Io no.

PANT. E se ghe mettesse drento un secreto che gh'ho per el vostro mal, lo torressi?

CEL. Se fosse un medicamento, lo prenderei.

PANT. Aspettè; no vôi che vedè cossa che ghe metto. (*Si volta, e finge mettere nel bicchiere qualche cosa, versando dell'altro vino*)

CEL. (*Si tocca il polso*)

PANT. Bravo!

CEL. Mi pare di star peggio.

PANT. Tolè sto medicamento.

CEL. Mi farà bene?

PANT. Tolèlo sora de mi.

CEL. Lo prenderò. (*beve*)

PANT. Ve piaselo?

CEL. Non mi dispiace.

PANT. Ve par de star meggio?

CEL. Mi par di sì.

PANT. Toccheve el polso.

CEL. Va bene, è gagliardo.

PANT. Seu forte?

CEL. Fortissimo.

PANT. Vegnìu al Salvadego?

CEL. Verrò dove voi volete.

PANT. Andeve a vestir, che ve aspetto.

CEL. Vado subito. (*parte, toccandosi il polso*)

PANT. E tocca!

CEL. Son forte, e non ho paura.

PANT. Coss'è sta paura? De cossa gh'aveu paura? De morir? Una volta per omo tocca a tutti.

CEL. Oimè! (*si tocca il polso, e sputa*)

PANT. Se farè cussì, deventerè matto.

CEL. Per amor del cielo, non mi parlate di malinconia. Quando sento discorrere di queste cose, mi vengono le convulsioni.

PANT. Cossa xe ste convulsion? Adesso tutti patisse le convulsion. I miedeghi dopo tanti anni i ha trovà un termine che abbrazza un'infinità de mali, e cussì i la indivina più facilmente. Quel che rovina i omeni xe la maniera del viver che se usa presentemente. Mi seguito el stil antigo, e grazie al cielo, no patisso né rane, né convulsion. La cioccolata e el caffè le xe cosse che insporca el stomego. Do soldetti de malvasia garba xe la mia marendina. Pacchiughi de cuoghi mi no ghe ne magno. Magno roba bona, roba schietta, roba che cognosso e che no me fa mal. Questa xe la maniera de viver un pezzo, e de viver sani. Vu ai vostri zorni avè disordinà; e se no gh'averè giudizio, creperè.

CEL. (*Sputa, si tasta il polso, e parte*)

SCENA NONA

PANTALONE *solo.*

PANT. Da una banda el me fa da rider. Sempre el se tasta el polso, e col sente a minzonar o morti, o malattie, el spua. E sì anca ello un zorno el xe stà omo de mondo.

SCENA DECIMA

CLARICE *ed il suddetto.*

CLAR. Serva umilissima.

PANT. Patrona reverita.

CLAR. Non era qui il signor zio?

PANT. El giera qua. El se xe andà a vestir.

CLAR. Voleva dirgli una bella novità.

PANT. Pòssio saverla mi sta novità?

CLAR. O sì, signore. La novità è questa. Il signor Florindo vuol ritornare a Livorno con sua sorella.

PANT. Ghe despiase che sior Florindo vaga a Livorno?

CLAR. Mi dispiacerebbe per causa di sua sorella.

PANT. Per causa della sorella, o per causa del fradello?

CLAR. A me mi preme la sorella.

PANT. Ma la sorella senza del fradello no la pol star.

CLAR. Vorrei che restassero tutti due.

PANT. Védela se l'ho indivinada? Mi co vardo una donna in ti occhi, so subito cossa che la vol.

CLAR. Dice bene il proverbio: il diavolo ne sa, perché è vecchio.

PANT. Mi mo, védela, ghe ne so più del diavolo.

CLAR. Perché?

PANT. Perché el diavolo delle donne el se fida, e mi no ghe credo una maledetta.

23

CLAR. Non siete stato mai innamorato?

PANT. Mai in vita mia.

CLAR. Fino alla morte non si sa la sorte.

PANT. Chi gh'ha bon naso, cognosse i meloni.

CLAR. Eppure so che non vi dispiace il conversar colle donne.

PANT. Xe vero: le vardo coi occhi, ma no le vardo col cuor.

CLAR. Chi va al mulino, s'infarina, signore.

PANT. Chi gh'ha giudizio, con una scovoletta se netta.

CLAR. (Quanto pagherei, se mi riuscisse d'innamorar questo vecchio). (*da sé*)

PANT. (La xe furba: ma la va da galiotto a mariner). (*da sé*)

CLAR. Eppure siete ancora in istato di far fortuna.

PANT. Certo, che gnancora no ho perso la carta del navegar.

CLAR. Il vostro spirito fa vergogna ad un giovane di venti anni.

PANT. E de spirito, e de carne, son quel che giera de vinti anni.

CLAR. Si vede. Sarete stato il più bel giovane di questo mondo.

PANT. No digo per dir, ma co sto muso ghe n'ho fatto delle belle.

CLAR. E siete in grado di farne ancora.

PANT. Perché no? Un soldà veterano no recusa battaggia.

CLAR. Oh che caro signor Pantalone!

PANT. Qualche volta son caro, e qualche volta son a bon marcà.

CLAR. Io non ho capitali per comprare la vostra grazia.

PANT. Podemo contrattar.

CLAR. (Sta a vedere che il vecchietto ci casca). (*da sé*)

PANT. No se pol dir, de sto pan no ghe ne voggio magnar.

CLAR. In verità mi pare impossibile che non siate stato mai innamorato.

PANT. Perché mo ghe par impussibile?

CLAR. Perché avete un certo non so che di simpatico, di dolce, di manieroso, che mi fa credere diversamente.

PANT. Pol esser che sia, perché fin adesso no averò trovà gnente che me daga in tel genio.

CLAR. Siete ancora in tempo di ritrovarlo.

PANT. Fina alla morte no se sa la sorte.

CLAR. Che mai vi vorrebbe per contentare il genio del signor Pantalone?

PANT. Poche cosse, fia mia.

CLAR. Se foss'io la fortunata che le possedessi...

PANT. Ve degneressi de mi?

CLAR. Così voi foste di me contento.

PANT. A poco alla volta se giusteremo.

CLAR. (Il merlotto vien nella rete). (*da sé*)

PANT. (No ghe credo una maledetta). (*da sé*)

CLAR. Ah signor Pantalone! (*sospirando*)

PANT. Ah signora Clarice! (*sospirando*)

CLAR. Che vuol dire questo sospiro?

PANT. Lasso che la lo interpreta ella.

CLAR. Quasi, quasi... mi lusingherei.

PANT. Ma! chi va al molin, s'infarina.

CLAR. Ma con una spazzatina si netta.

PANT. Co la penetra, no se se spolvera.

CLAR. Vien gente. Ci rivedremo, signor Pantalone.

PANT. Se vederemo, e se parleremo.

CLAR. (La biscia beccherà il ciarlatano). (*da sé, e parte*)

PANT. (So el fatto mio. No ti me la ficchi). (*da sé, e parte*)

SCENA UNDICESIMA

Flaminia *ed* Argentina.

FLA. Peggior nuova non mi poteva dare di questa.

ARG. Il signor Florindo, di lei fratello, è uomo molto risoluto. Ieri non si sognava di partire di Venezia; ed ora tutto ad un tratto ordina che si facciano li bauli.

FLA. E di più, non mi vuol dir nemmeno il motivo.

ARG. Partirà, m'immagino, anche il signor Ottavio.

FLA. Non so; è qualche giorno che io non lo vedo.

ARG. Può essere... sarà così senz'altro. Vorranno far le nozze a Livorno per dar piacere ai parenti.

FLA. Io non ho congiunti che mi premano. Sto volentieri a Venezia, e se stesse a me, Livorno non mi rivedrebbe mai più.

ARG. Le piace dunque stare a Venezia?

FLA. Cara Argentina, lo sai ch'io sono figlia d'un veneziano. Mio fratello ogni anno mi fa fare un viaggetto con lui. Ho veduta in tre anni quasi tutta l'Italia, e non ho trovato un paese che più di questo mi piaccia.

ARG. Anch'io ho servito in qualche città, e quando ho gustato la libertà di Venezia, ho proposto di non partirvi mai più. Servo un padrone, che per la sua ipocondria è fastidioso un poco, ma soffro volentieri più tosto che cambiar paese.

FLA. In fatti per ogni genere di persone trovo essere Venezia una città assai comoda. Qui ciascheduno può vivere a misura del proprio stato, senza impegno di eccedere e di rovinarsi per comparire cogli altri. I passatempi sono comuni a tutti, e può goderne tanto il povero, quanto il ricco. La maschera poi è il più bel comodo di questo mondo.

SCENA DODICESIMA

Florindo *e dette.*

FLOR. Signora sorella, dubito che non vi abbiano fatta la mia ambasciata.

FLA. Se intendete parlare della partenza da voi intimatami, me l'hanno detto.

FLOR. Da qui a domani c'è poco. Se non date principio ad unire le vostre robe, voi mi farete arrabbiare al solito.

ARG. Per far arrabbiare il signor Florindo, non ci vuol molto.

FLA. Posso sapere almeno il motivo di questa vostra risoluzione?

FLOR. Ve lo dirò.

FLA. Quando me lo direte?

FLOR. Argentina, per ora non abbiamo bisogno di voi; potete andare.

ARG. Signore, se ha paura ch'io parli, mi fa torto.

FLOR. Non vi è niente che a voi appartenga. Potete andarvene.

ARG. Se la signora ha bisogno...

FLOR. Non ha bisogno di nulla.

ARG. (Sia maledetto! Muoio di curiosità). (*da sé*)

FLOR. Flaminia, andiamo in un altra camera.

ARG. Vado, vado. La non si scaldi. Quando non vuol che si senta, vi sarà qualche cosa di contrabbando.

FLOR. Voi siete un'impertinente.

ARG. Vada, vada a Livorno!

FLOR. Che vorreste voi dire?

ARG. Vada, vada, signore, prima di essere mandato. (*parte*)

FLOR. Un'altra ragione per andarmene sarebbe l'impertinenza di colei.

FLA. Questa sarebbe una ragione per andarsene da questa casa, non per abbandonare questa città.

FLOR. Il motivo, per cui partire intendo, è molto più interessante.

FLA. Son curiosa d'intenderlo.

FLOR. Ottavio non è per voi.

FLA. Ottavio non è veneziano.

FLOR. Le liti ch'egli ha, l'obbligheranno a trattenersi qui molto tempo. Egli è un giuocatore violento, che si rovina del tutto. È un uomo ardito, che non rispetta nessuno. È un ingrato, che mi cimenta, e sarebbe per voi un consorte, che vi renderebbe infelice.

FLA. E per questo volete voi risolutamente partire?

FLOR. Sì, per troncare con esso lui l'amicizia ed il trattato delle vostre nozze.

FLA. Tutto ciò si può fare per altra strada, senza lasciar Venezia.

FLOR. La vostra resistenza mi sollecita ancora più. Voi amate Ottavio e il vostro amore potrebbe...

FLA. No, fratello ascoltatemi. Se ho aderito alle nozze di Ottavio, non l'ho fatto che per compiacer voi medesimo. Eravate in Livorno due buoni amici. Mi fu proposto da voi; ed io che vi amo, e che vi tengo in luogo di padre, mi sono fatta una legge del piacer vostro. Se ora Ottavio non è più vostro amico, se di me non lo credete voi degno, sta in vostra mano lacerare il contratto, escluderlo dalla nostra conversazione, assicurandovi ch'io lo scancellerò dalla mia memoria.

FLOR. Flaminia, compatitemi, se questa sì umile rassegnazione mi pone in qualche sospetto.

FLA. Che potete voi di me sospettare?

FLOR. Che amando violentemente Ottavio, vogliate ottenere dalla indifferenza palliata quello che dubitate di perdere col manifestare l'affetto vostro.

FLA. Florindo, voi fate torto alla mia sincerità. Non avete motivo di dubitare di me. Sono sei anni, che avvezzo siete a disporre dell'arbitrio mio.

FLOR. Qual altro rincrescimento potete voi avere di qui partendo, oltre quello di abbandonare un amante?

FLA. Credetemi, fratello mio, che più di lui mi dispiacerebbe lasciar Venezia.

FLOR. Scusa ridicola, sorella mia.

FLA. Se non vi dico il vero, possa morire.

FLOR. Potrebbe darsi un altro accidente.

FLA. E quale?

FLOR. Che foste invaghita di qualche bel veneziano.

FLA. Possibile che di noi donne abbiano sempre gli uomini da pensare sinistramente? Non siamo noi d'altro amore capaci, che di quello alle più volgari comune? D'ogni nostra parola s'ha da dubitare? Ogni nostra passione sarà sospetta? Di tutto, rispetto a noi, s'ha da formare un mistero? Anche la virtù in una donna si vuol far passar per difetto? Fratello mio, se la rassegnazione e il rispetto non vagliono a meritarmi la vostra fede, comandatemi, ed attendete che in avvenire io vi obbedisca con pena, col desiderio di scuotere un giogo, che ormai diviene indiscreto. (*parte*)

FLOR. Flaminia. Ella parte adirata. Spiacemi disgustarla, perché non lo merita. Parmi strano ch'ella ami tanto il soggiorno d'una città, non avendo penato mai ad abbandonarne alcun'altra. Venezia per ragione del padre può dirsi nostra patria, egli è vero, ma non credea che una donna giungesse tanto ad amarla. Capisco che mia sorella è assai ragionevole, ed io le fo torto a dubitare della sua virtù. Penserò a qualche altra risoluzione, e se Ottavio ardirà pretendere... Ottavio potrebbe anche cambiar costume. Il tempo mi darà regola, e nelle mie risoluzioni non lascierò di consigliare una donna, che supera tante altre nella virtù. (*parte*)

SCENA TREDICESIMA

Strada.

BRIGHELLA, *poi* MARTINO

BRIGH. Mi no so dove diavolo dar la testa per impegnar sto anello. I vol troppo de usura. I vol magnar tutto lori; e mi vorria che ghe fusse qualcossa da magnar anca per mi.

MART. Sior Pantalon voggio che el me la paga. Per causa soa perderò quaranta ducatelli d'arzento?

BRIGH. (Anca questo qualche volta el se diletta de tor roba in pegno). (*da sé*)

MART. Se no giera quel sior bravazzo della favetta, sangue de diana, m'averave fatto pagar. El foresto no andava via del casin senza darme o bezzi, o pegno.

BRIGH. (Sì ben. Vôi provarme anca con lu). (*da sé*)

MART. Ma i troverò tutti do. No voggio che i me la fazza portar.

BRIGH. Sior Martin, ghe son servitor.

MART. Bondì sioria. Cossa xe del vostro patron?

BRIGH. Sarà do ore che no lo vedo.

MART. Quando valo a Livorno el vostro patron?

BRIGH. Finché dura la lite, bisogna che el staga qua.

MART. Come falo de bezzi? Ghe ne vien dal so paese?

BRIGH. Ghe ne vien, ma el zoga, el li perde, e spesse volte nol ghe n'ha un.

MART. Ghe ne aspettelo presto?

BRIGH. No so dirghe, ma so ben che el ghe n'ha bisogno. Anzi, per dirghela in confidenza, el vorria impegnar un anello per cinquanta zecchini.

MART. Un anello per cinquanta zecchini? Bisogna che el sia bello.

BRIGH. L'è de una piera sola. El val più de dusento.

MART. Chi lo gh'ha sto anello?

BRIGH. Lo gh'ho mi. De mi el se fida. El m'ha confidà el so bisogno, e vado cercando per impegnarlo.

MART. Se porlo véder sto anello?

BRIGH. Perché no? Anzi, sior Martin, se volessi, me poderessi far vu sto servizio.

MART. Lassè che lo veda, e po parleremo.

BRIGH. Se sa, che non avè da perder i vostri utili.

MART. Lassè che lo veda.

BRIGH. Alle cosse oneste ghe stago.

MART. Mo via, lassèmelo véder.

BRIGH. Eccolo qua, ve par che el vala sti bezzi?

MART. Sì ben, el xe un brillante de fondo.

BRIGH. Donca me li dareu sti cinquanta zecchini?

MART. Mi, compare, no ve darò gnente.

BRIGH. Donca...

MART. Donca diseghe al vostro patron, che col me darà i mi quaranta ducati d'arzento, ghe darò el so anello. (*lo mette via*)

BRIGH. Come! l'anello ve l'ho fidà mi in te le man.

MART. No xelo del vostro patron?

BRIGH. El xe del mio patron; ma per questo...

MART. Se el lo vol, che el me manda quaranta ducati.

BRIGH. Questa no xe la maniera de trattar.

MART. Amigo, no femo chiaccole.

BRIGH. Voleu che ve la diga, sior Martin?

MART. Cossa me vorressi dir?

BRIGH. La xe una baronada.

MART. Bisognerave che ve respondesse.

BRIGH. Respondème, se ve basta l'anemo.

MART. Ve respondo cussì. (*gli dà uno schiaffo*)

BRIGH. Corpo del diavolo! a mi un schiaffo?

MART. Quella xe la mostra; se tirerè de longo, metterò man al baril.

BRIGH. Le man le gh'ho anca mi.

MART. Se averè ardir gnanca de parlar, quel muso ve lo taggierò in quattro tocchi.

BRIGH. Averè da far col patron.

MART. No gh'ho paura né de lu, né de vu, né de diese della vostra sorte.

BRIGH. Prepotenze, baronade, insolenze.

MART. Via, sier buffon. (*mette mano allo stile*)

SCENA QUATTORDICESIMA

PANTALONE *e detti.*

PANT. Com'ela, sier buletto dal stilo? Seu nato per far paura? Doveressi andar in ti campi a spaventar le passere.

MART. Ve porto respetto, perché sè vecchio.

BRIGH. El mio anello, la mia roba. No se tratta cussì.

PANT. Com'ela, compare Martin?

MART. Ve torno a dir, che col vostro patron me manderà i mi quaranta ducati, ghe darò el so anello.

PANT. Un anello de sior Ottavio?

BRIGH. Sior sì, el me l'ha cavà dalle man.

PANT. E vu gh'averè tanto ardir de tegnir un anello in pegno, quando un omo della mia sorte v'ha dito che sarè pagà?

MART. Mi no so gnente. Co gh'averò i mi bezzi, darò l'anello.

PANT. Sior Ottavio xe un galantomo.

MART. I mi quaranta ducati.

PANT. Mi son un omo d'onor.

MART. Quaranta ducati.

PANT. Vintiquattro ore no xe passae.

MART. In vintiquattro ore se va a Ferrara.

PANT. Quel signor no xe capace de una mala azion.

MART. I mi quaranta ducati.

PANT. I vostri quaranta ducati i xe qua parecchiai. (*tira fuori una borsa*)

BRIGH. Fora l'anello, patron. (*a Martino*)

MART. Contème i mi quaranta ducati.

PANT. Tegnì saldo. Quaranta ducati d'arzento i fa tresento e vinti lire de sta moneda. Quattordese zecchini fa tresento e otto. Con dodese lire arente vu sè pagà. (*contando*)

MART. Va ben; deme i bezzi.

PANT. Fora l'anello.

MART. Tolè, sior. (*lo dà a Pantalone*)

PANT. Questi xe i vostri bezzi.

MART. I zecchini xeli de peso?

PANT. Vardè se i xe de peso per la marcanzia che gh'avè vendù.

MART. Ho rischià el mio sangue.

PANT. Sè un farabutto.

MART. No ve bado, perché sè vecchio. (*parte*)

SCENA QUINDICESIMA

PANTALONE *e* BRIGHELLA.

PANT. Tocco de scarcavallo; se son vecchio, ti vederà cossa che son bon da far. T'ho pagà per salvar la reputazion a un galantomo; ma vôi che adesso ti me la paghi a mi.

BRIGH. La prego, signor, ghe li ha dadi veramente el mio patron quei denari?

PANT. A vu non ho da render sti conti.

BRIGH. Se la vol favorirme l'anello, ghe lo porterò al patron.

PANT. No, amigo, l'anello ghe lo darò mi.

BRIGH. Se se fida de mi el patron, la se pol fidar anca ella.

PANT. Mi me fido de tutti; ma sto anello ghe lo voggio dar mi.

BRIGH. Capisso tutto. La lo vol tegnir ella in pegno per i quaranta ducati. No la se fida de lu.

PANT. No xe vero gnente. Vu parlè mal e de mi, e del vostro patron. Conosso adesso che el fa mal se el se fida de vu, perché se sè capace de levarghe la reputazion, molto più sarè capace de custodir malamente la roba soa. Vu altri servitori sè le trombe che infama i patroni. Ve fe scrupolo qualche volta de robar do soldi, e non avè riguardo a infamarli colla vostra lengua. Zente ingrata, che offende o per malizia, o per ignoranza; nemighi del proprio pan, e traditori de chi v'ha fatto del ben.

BRIGH. Servitor umilissimo, mio patron. (*parte*)

SCENA SEDICESIMA

PANTALONE *solo.*

PANT. Co sto rimprovero che ho fatto a costù, non ho inteso de descreditar tutti i servitori. Ghe ne xe assae de boni, de onorati e fedeli; ma piuttosto ho inteso de inarzentarghe la pillola, strapazzandolo in general. Sto anello che ho recuperà coi mi bezzi, per salvar la reputazion a sior Ottavio, ghe lo darò a ello; ma no voggio perder i mi quaranta ducati. Vôi far servizio, vôi far del ben, ma no vôi passar per minchion. Co sior Martin po la discorreremo. Voi farghe véder la differenza che passa tra i omeni della so sorte, e i galantomeni come mi. Al dì d'ancuo ghe ne xe tanti che crede de dover esser stimai, perché i porta el stilo, perché i sa dir trenta parole in zergo, perché i la sticca con delle dretture, e i sa far paura con delle bulae. Questi no i xe omeni da stimar. Se stima quelli che se sa far portar respetto, se occorre, che no se lassa burlar da nissun, che sa spender ben i so bezzi, che cognosse i furbi, che sa star in ogni conversazion, che i fa el so debito con prudenza, e che xe onorati con tutti. (*parte*)

ATTO SECONDO

35

SCENA PRIMA

Strada.

OTTAVIO e BRIGHELLA

OTT. Dunque il mio anello è nelle mani del signor Pantalone.

BRIGH. L'è nelle man d'un galantomo. L'è segura che el sarà ben custodido.

OTT. Ma perché non ti hai fatto dare sino alla somma dei cinquanta zecchini?

BRIGH. Per verità ghe l'ho dito; ma l'ha pagà i quaranta ducati d'arzento a sior Martin, e nol ha voludo dar altro.

OTT. Non ha voluto dar altro? Non avrai saputo chiedere. L'anello vale duecento zecchini. Pretenderà egli di tenerlo per quaranta ducati?

BRIGH. In questo, la perdona, no me par che la possa parlar cussì. L'ha preteso de far una bell'azion a pagar sto debito per vussignoria; el l'ha fatto senza interesse; no l'è omo che sia capace de voler un soldo de più. Ma nol se pol obbligar.

OTT. Ma non può obbligar nemmeno me, che io gli lasci nelle mani un anello che vale dugento zecchini, per un'ipoteca di quaranta ducati; o mi renderà il mio anello, perché li possa ritrovare in un altro luogo.

BRIGH. No so mo, se el la intenderà cussì...

OTT. Tu sei quello delle difficoltà. So io quel che dico, e non ho bisogno che tu mi faccia il pedante.

BRIGH. Diseva cussì, perché me pareva...

OTT. Va a vedere se trovi il signor Pantalone, e digli che mi preme parlargli, che favorisca venir da me.

BRIGH. La vol mo anca che el s'incomoda a venir da ella?

OTT. Tu sei il maggior seccatore del mondo. Fa quel che ti dico, e non replicare.

BRIGH. Son un seccator, l'è la verità, ma no posso far de manco de no seccarla un altro tantin, se la me permette.

OTT. Che cosa mi vorresti dire? Parla.

BRIGH. Ghe domando perdon.

OTT. Via, parla; sbrigati.

BRIGH. Se de quattro mesi de salario che avanzo, la me ne favorisse almanco do...

OTT. Va a ritrovare il signor Pantalone.

BRIGH. Ho bisogno de camise e de scarpe...

OTT. Va a ritrovare il signor Pantalone.

BRIGH. Lo cercherò; ma la prego per carità...

OTT. Va a ritrovare il signor Pantalone. (*gli getta un guanto nel viso*)

BRIGH. I poveri servitori no i se paga cussì. (*parte*)

OTT. A un uomo che ha perso i denari al giuoco, codesto stolido viene a domandare il salario. Io sono in disperazione. Il giuoco mi ha rovinato. Se non mi rimetto in qualche maniera, sono in grado di andarmene da Venezia, abbandonar la causa, lasciar Flaminia, perder tutto, e precipitarmi. Il signor Pantalone mi darà il mio bisogno. Sul mio anello non mi negherà i cinquanta zecchini, e se me li negasse, corpo di bacco, averà da fare con me. È vero che mi ha sollevato da un debito con uno che mi potea svergognare, ma non mi basta. Sono alla disperazione, e non ho altra risorsa che questa.

SCENA SECONDA

FLORINDO *ed* OTTAVIO.

FLOR. Signor Ottavio, vi riverisco.

OTT. Schiavo suo. (*sostenuto*)

FLOR. Voi mi guardate assai bruscamente.

OTT. Per causa vostra ho perduto stamane l'osso del collo.

FLOR. Per causa mia?

OTT. Sì, per causa vostra. Io son così; quando giuoco con soggezione, perdo sicuramente.

FLOR. Compatitemi, non ho preteso di mettervi in soggezione. Se me l'aveste avvisato prima, sarei partito.

OTT. Perché non andarvene, quando ve l'ho detto?

FLOR. Pochi momenti mi son di poi trattenuto.

OTT. Basta, è fatta; convien pensare al rimedio.

FLOR. Caro Ottavio, possibile che non vogliate una volta aprir gli occhi, e tralasciar di giocare? Il cielo vi ha dato uno stato comodo da poter viver bene nel vostro grado. Che volete di più? Il giuoco è per i disperati. Il giuoco ha la sua origine o dall'avarizia, o dall'ambizione. Ravvedetevi una volta, e amate meglio la vostra quiete, la vostra salute, e la vostra riputazione.

OTT. Sì, lo farò. Lascierò il giuoco sicuramente.

FLOR. Se così farete, tutti gli amici vostri con voi si consoleranno, ed io più degli altri; io che, oltre il vincolo dell'amicizia, deggio avere con voi quello ancora della parentela. Mia sorella sarà vostra sposa. Non vi sarà che dire sopra di ciò. Scusatemi, se trasportato dalla collera questa mattina...

OTT. Niente, amico, niente, cognato mio. Vi compatisco. So che mi amate, e che per zelo vi riscaldate. Per l'avvenire sarà finita; ma convien rimediare ai disordini, ne' quali sono caduto.

FLOR. Quali sono i disordini che vi dan peso?

OTT. In confidenza. Non ho denari, e sino che non mi giungono delle rimesse di casa mia, non so come fare a sussistere.

FLOR. Non saprei... Se la mia scarsa tavola non vi dispiace, siete padrone di servirvene finché volete.

OTT. Voi siete ospite del signor Celio.

FLOR. Il signor Celio mi favorisce il quartiere. La tavola la faccio io.

OTT. Non è la tavola che mi dia pena. Le mie angustie sono maggiori. Ho de' debiti, e ho da pensare a pagarli.

FLOR. Debiti di giuoco?

OTT. Debiti che mi conviene pagare.

FLOR. Caro amico, se aveste badato alle mie parole...

OTT. Ora non è più tempo di suggerimenti o di correzioni. Ho bisogno d'aiuto; e voi, se mi siete amico, riparate la mia riputazione, soccorretemi nelle mie angustie.

FLOR. I debiti vostri a quanto ascenderanno?

OTT. A trecento zecchini.

FLOR. La somma non è indifferente. Mi dispiace non potervi servire.

OTT. Non mi darete ad intendere di non potere, dite piuttosto, che non volete. Diffidate forse di me?

FLOR. No, ma sono anch'io lontano di casa mia. Questa somma non è in mio potere.

OTT. Mi servirebbono anche dugento.

FLOR. Non li ho vi dico...

OTT. Anche cento, per ora.

FLOR. Sì, anche cinquanta sarebbero il caso vostro, per rigiocare colla speranza di vincere.

OTT. Il vostro zelo, compatitemi, sente assaissimo della pedanteria.

FLOR. E il vostro animo ha un po' troppo della doppiezza.

OTT. Sono un uomo d'onore.

FLOR. Fate che per tale vi dichiarino le vostre azioni.

OTT. Intacchereste voi di poco onorate le azioni mie?

FLOR. Non si fanno debiti per giocare.

OTT. Se ho de' debiti, li pagherò.

FLOR. Farete il vostro dovere.

OTT. Non ho bisogno per farlo dei consigli vostri.

FLOR. Né io m'affaticherò più per darveli inutilmente.

OTT. Un amico che affetta di consigliarmi, e nega poi di soccorrermi, lo stimo poco.

FLOR. Né io fo grande stima d'un uomo, che per i suoi vizi non ha riguardo ad incomodare gli amici.

OTT. Signor Florindo, voi vi avanzate troppo.

FLOR. Per non eccedere soverchiamente con voi, mi asterrò di trattarvi.

OTT. Infatti, per trattar bene coi galantuomini, avreste bisogno d'avere imparato qualche cosa di più.

FLOR. Coi galantuomini so trattare; con voi può essere ch'io non lo sappia.

OTT. Chi sono io?

FLOR. Il signor Ottavio Aretusi.

OTT. Che volete voi dire?

FLOR. Che questa sarà l'ultima volta che parlo con voi.

OTT. Perderò poco a perdere un amico insolente.

FLOR. Ed io guadagnerò assai coll'allontanarmi da un temerario.

OTT. Per rendere più sicuro il nostro allontanamento, vi vuol la morte d'uno di noi. (*mette mano alla spada*)

FLOR. Questo è il fine dei disperati. (*fa lo stesso, e si battono*)

SCENA TERZA

PANTALONE e detti.

PANT. Alto, alto, patroni.

FLOR. Lasciateci battere.

PANT. Se le se vol batter, che le vaga fora de ste lagune. Qua no se fa ste cosse.

OTT. Signor Pantalone, ho da parlarvi.

PANT. Son qua per ella. Brighella m'ha dito...

FLOR. In altro tempo mi darete soddisfazione. (*ad Ottavio*)

OTT. Son pronto, quando volete.

PANT. Coss'è sta cossa? Coss'è sto negozio? Se porlo saver? Se ghe pol remediar? Songio bon mi de giustar sto pettegolezzo?

OTT. Sappiate, signor Pantalone...

PANT. La metta drento quella cantinella.

FLOR. Egli mi ha provocato...

PANT. Caro sior, la metta via la martina. (*a Florindo*)

OTT. Io farò giudice voi...

PANT. Arme in fodro.

FLOR. Non sarà vero ch'io mi lasci...

PANT. A monte le bulae. Mettè via quelle spade.

FLOR. Pretendereste forse....

PANT. Pretendo che no se fazza duelli, dove che ghe son mi. Disè le vostre rason. Son capace mi de giustarve; e a chi no sarà contento della mia decision, son qua mi a darghe soddisfazion.

OTT. La stima che ho di voi, mi fa sospendere ogni risentimento. (*rimette la spada.*)

PANT. Bravo. Pulito. E ella, patron? (*a Florindo*)

FLOR. Lo farò, perché son ragionevole. (*rimette la spada*)

PANT. Se pol saver cossa xe sta contesa?

OTT. Il signor Florindo ha detto a me temerario.

FLOR. Il signor Ottavio ha detto a me insolente.

PANT. Patta e pagai. Se tutte le partìe le xe de sto tenor niun gh'averà né da dar, né d'aver. Perché mo se xe vegnui a sta sorte de complimenti?

OTT. Mi vuol far da pedante.

FLOR. Pretende ch'io sia obbligato a secondare i suoi vizi.

OTT. Un amico che mi deve esser cognato, ricusa farmi un imprestito di cento zecchini.

PANT. Sentimo la rason.

FLOR. Chi presta denari ad un giocatore viziato, fomenta la sua passione.

PANT. Sior Ottavio, nol dise mal. (*ad Ottavio*)

OTT. Io non gli chiedo danari per giocare, ma per pagare i miei debiti.

PANT. Séntela? El parla da galantomo. (*a Florindo*);

FLOR. Non è vero, non li chiede...

PANT. Diseme, cari siori, non aveu da esser cugnai?

FLOR. Flaminia mia sorella, informata meglio del suo costume, non vuole aver che fare con lui.

OTT. Né io mi curo d'imparentarmi con persone sì fastidiose.

PANT. Tra parenti anca in erba facilmente se impizza el sangue, e facilmente el se stua. Le donne qualche volta le xe causa de una lite, e qualche volta le fa far una pase. A monte tutto. Femo sto matrimonio, e lassemo che missier Cupido trionfa.

FLOR. Mia sorella dipende da me fino a un certo segno; ma nel caso di collocarla, non voglio usarle violenza.

PANT. Bravo. Fin qua ghe trovo del bon. La diga la verità, sior Ottavio, sta siora Flaminia ghe vorla ben?

OTT. Finora mi lusingai, che non mi vedesse di mal occhio.

PANT. Ghe parlerò mi. Colle donne no son stà mai sfortunà. Co giera zovene, le persuadeva per mi; adesso che son vecchio, me xe restà la rettorica, e ho perso affatto l'umanità.

FLOR. Ella è padrona di sé, ma io col signor Ottavio...

PANT. Ma vu col sior Ottavio avè da esser amici.

FLOR. Sarà impossibile. Ottavio è torbido, già ve l'ho detto.

PANT. No, sior Florindo, nol xe torbido, nol xe ustinà, come la crede. Tutti i omeni i gh'ha el so caldo. Gh'ha despiasso che un amigo, che un che ha da esser so cugnà, ghe nega cento zecchini in prestio. Per i amici se fa quel che se pol. Mi tanto stimeria a imprestar a un amigo sta borsa, dove ghe sarà dusento zecchini in circa, come spuar per terra. Co se xe seguri de aver i so bezzi, no se pol far manco servizio de questo. E despiase a un galantomo sentirse dir de no. La me perdona, sior Florindo, l'ha fatto mal.

OTT. Certamente mi è un poco rincresciuto sentirmi negar in faccia un piacere dal signor Florindo.

PANT. Per altro po con ello no gh'avè gnente, no gh'avè inimicizia, sè pronto a tornar quel che gieri.

OTT. Certamente.

PANT. E ve despiase d'averlo desgustà.

OTT. Ancora.

PANT. E saressi pronto a darghe ogni sodisfazion.

OTT. Lo farei.

PANT. Sentìu? Seu sodisfà? (*a Florindo*)

FLOR. Lo dice in una maniera...

PANT. Cossa voleu? Che el se butta in zenocchion? L'ha dito anca troppo. Se sè omo, v'ha da bastar. A monte tutto, e che se fazza sta pase.

FLOR. Ma come, signore?...

PANT. Come, come, ve dirò mi come. Qualchedun no saveria far una pase senza bever, o senza magnar. Mi mo vedeu? giusto le baruffe con una presa de tabacco. Anemo: gingè del serraggio. (*offre del tabacco a tutti e due che lo prendono*) La pase è fatta.

FLOR. Io, torno a dirvi, son ragionevole.

OTT. Né io senza ragione.

PANT. Che cade? La xe fatta, e no la se desfa. Vegnì qua. Deme la man. Amigo, e amici. (*prende le mani di tutti due, e poi le unisce*) Vegnirò po da siora Flaminia.

FLOR. Ella vi attenderà con piacere. È bellissimo il carattere di Pantalone, amico della pace, onorato e gioviale. (*parte*)

SCENA QUARTA

OTTAVIO *e* PANTALONE

OTT. (Ora è il tempo di chiedergli li cinquanta zecchini). (*da sé*)

PANT. Anca questa l'avemo giustada.

OTT. Ecco qui; in oggi non si può sperare d'avere un piacere da un parente, da un patriotto.

PANT. No parlemo più del passà. La xe giustada, e giustada sia.

OTT. Un amico del vostro cuore non si trova sì facilmente.

PANT. Co posso, fazzo servizio volentieri; e co se tratta de far una pase, mi vago a nozze.

OTT. Vi sono obbligato dell'altro favore che fatto mi avete.

PANT. De che? Dei quaranta ducati d'arzento? L'ho fatto per la vostra reputazion, e anca per la mia. El vostro anello el xe in te le mie man; el xe seguro; ma senza vostro incomodo, co poderè! per mi no ve stè a travaggiar.

OTT. Spero che quanto prima mi verrà una rimessa di Livorno. Intanto, per dirla, aveva bisogno d'un altro po' di denaro.

PANT. (Ho inteso). (*da sé*) Come va la vostra lite?

OTT. Anche questa mi affligge; e ogni giorno ci vogliono de' denari.

PANT. Ghe vol pazenzia. Le liti xe tormentose. Mi per altro non ho mai litigà co nissun. Se ho avù d'aver, m'ho fatto pagar; e a Palazzo non ho mai speso un soldo.

42

OTT. Caro signor Pantalone, vorrei...

PANT. Se tratta de assae in sta vostra lite?

OTT. Si tratta di dodicimila scudi, e spero di guadagnarla. Però trovandomi ora in bisogno...

PANT. Xe un pezzo che sè a Venezia?

OTT. Pur troppo, e mi costa un tesoro; però trovandomi ora in bisogno...

PANT. L'amicizia della siora Flaminia l'aveu fatta qua, o a Livorno?

OTT. A Livorno. Parmi d'avervelo detto un'altra volta.

PANT. Sarà, no me recordava.

OTT. Altri che voi, signor Pantalone, non può nello stato in cui sono...

PANT. No ve dubitè; lassè far a mi.

OTT. Voi mi potete aiutar con poco.

PANT. Lo farò senz'altro.

OTT. Per ora mi vorrebbe almeno la somma...

PANT. Anderò mi da siora Flaminia. Ghe parlerò in bona maniera, e vederè che la se giusterà anca ella.

OTT. Non parlo di questo...

PANT. E ghe leverò dalla testa le cattive impression, che contra de vu ghe sarà stà fatto.

OTT. Caro signor Pantalone, ascoltatemi.

PANT. Za ho inteso tutto.

OTT. Il mio bisogno sarebbe...

PANT. Vedo anca mi, che sta dota ve poderia comodar.

OTT. La dote è una cosa lontana. Ma il mio presente bisogno...

PANT. L'aggiusteremo.

OTT. Aiutatemi, signor Pantalone...

PANT. Vago subito in sto momento.

OTT. L'anello, signor Pantalone...

PANT. El xe in te le mie man, e no dubitè gnente.

OTT. Ma il danaro...

PANT. Me lo darè, quando che poderè.

OTT. Ora mi premerebbe d'avere...

PANT. No pensemo a malinconie. Vago a parlar co la putta.

OTT. Ascoltatemi.

PANT. Ho inteso tutto. Parleremo, se vederemo. Sioria vostra. (*parte*)

OTT. Non ho danari, non ho danari. *Sioria vostra*. Non ho danari. (*parte*)

SCENA QUINTA

Camera in casa di Celio.

CELIO solo.

CEL. In verità sono obbligato al signor Pantalone. Sono stato allegro; ho mangiato bene. Mi sono divertito e non ho avuto alcun male. La compagnia, l'allegria, un poco di vino buono mi ha dato la vita. Da qui innanzi voglio regolarmi così. Non voglio medici, non voglio medicine; vuò stare allegro, non voglio abbadare a niente. Non mi voglio mai più tastare il polso. Ora dovrebbe essere più vigoroso. (*si tasta*) Buonissimo fortissimo; e quest'altro? (*si tasta l'altro polso*) Ugualissimo. Non ho più niente di male. Quando i polsi battono in questa maniera, convien dire che si sta bene. Ora lo tasto per consolarmi. (*seguita a tastarsi i polsi*)

SCENA SESTA

CLARICE *e detto.*

CLAR. (Ecco mio zio che si tasta il polso, vuò divertirmi alle di lui spalle). (*da sé*)

CEL. (Questa botta non ha corrisposto... Eh, niente niente. Sto bene). (*da sé*)

CLAR. Signor zio, come si sta?

CEL. Benissimo, nipote mia, benissimo. Non ho più male, parmi di essere ringiovanito.

CLAR. Me ne rallegro davvero. Da che deriva questa bellissima novità?

CEL. Deriva dal mio carissimo amico signor Pantalone. Egli mi ha condotto all'osteria con una compagnia di galantuomini allegri; e ci siamo divertiti, e sto bene.

CLAR. Dunque è vero che i vostri mali sono immaginari?

CEL. Non so che dire. Non parliamo di male. Ora sto bene, e non voglio sentire malinconie.

CLAR. Farete bene a regolarvi così; perché anche mio padre, vostro fratello, è morto per malinconia.

CEL. Salute a noi. (*sputa*)

CLAR. Gli sono venuti certi giramenti di capo.

CEL. Giramenti di capo? (*si tocca la fronte*)

CLAR. Ed ha principiato a temere di qualche accidente.

CEL. Salute a noi. (*sputa*)

CLAR. Si è posto nelle mani del medico.

CEL. E il medico che cosa ha detto?

CLAR. Subito gli ha fatto cavar sangue.

CEL. E poi?

CLAR. Il sangue gli ha fatto peggio; gli sono venuti dei tremori.

CEL. Salute a noi. (*sputa*)

CLAR. Non era niente, ma il poveruomo si è messo in malinconia.

CEL. In malinconia?

CLAR. Si è gettato nel letto, e non si è più levato.

CEL. Non si è più levato?

CLAR. Se l'aveste veduto, faceva pietà.

CEL. Salute a noi. (*sputa*)

CLAR. Di lì a poco tempo si è principiato a gonfiare.

CEL. (*Sputa*)

CLAR. E finalmente è morto.

CEL. Oimè! (*sputa*)

CLAR. Che avete, signor zio?

CEL. Avreste per sorte un poco di spirito di melissa?

CLAR. In camera mia ne ho.

CEL. Per carità, andatela a prendere. (*si tasta il polso*)

CLAR. Vi sentite male?

CEL. Parmi che mi venga un giramento di capo.

CLAR. Eh niente, non ci badate. State allegro. Il signor Pantalone dunque vi ha divertito? È un uomo di garbo il signor Pantalone.

CEL. Sì, è un uomo allegro. Sino che sono stato con lui, non ho sentito alcun male.

CLAR. Ed ora vi è tornato male.

CEL. Se voi mi venite a seccare.

CLAR. Parliamo di cose allegre.

CEL. Sì, io ho bisogno d'un poco d'allegria.

CLAR. Signor zio, quando mi avete fatto venire a Venezia, mi avete scritto che avreste pensato a collocarmi.

CEL. È vero. Avete voi inclinazione al ritiro, o al matrimonio?

CLAR. Non saprei.

CEL. Ditelo liberamente.

CLAR. Vorrei essere intesa senza parlare.

CEL. Io non intendo muti.

CLAR. Guardatemi in ciera. Che cosa vi pare?

CEL. Se ho da dire il vero, per il ritiro non mi parete disposta.

CLAR. Dunque, che cosa faremo?

CEL. Vi mariterò.

CLAR. Oh bravissimo! e mi darete una buona dote.

CEL. (*Sputa*)

CLAR. Sputate quanto volete, signor zio. Son vostra nipote. Mio padre mi ha lasciato poco; non ho altra speranza che in voi.

CEL. Vi mariterò, vi darò la dote. (*sputa*)

CLAR. (*Sputa*) Ora fate sputare anche me.

CEL. Se qualcheduno vi farà domandare, discorreremo.

CLAR. Ditemi, signor zio: il signor Pantalone non sarebbe per me a proposito?

CEL. Lo sarebbe certo; ma egli non ha mai voluto saper niente di donne.

CLAR. E se a me desse l'animo d'innamorarlo?

CEL. Vi stimerei la più brava donna del mondo.

CLAR. Un'altra volta ch'io gli parli, vi prometto d'essere a segno.

CEL. Certamente sarei contento che prendeste il signor Pantalone; anzi voglio io medesimo dargliene un tocco e se questo matrimonio seguisse, voglio ch'egli venga a stare con me, essendo io sicurissimo che la sua compagnia, il suo bell'umore, mi terrebbe allegro, e non avrei bisogno né di medico, né di medicine.

CLAR. (Non son sì pazza a sposare un vecchio, ma s'egli s'innamorasse di me, sarebbe il più bel divertimento del mondo). (*da sé*)

CEL. Nipote mia, gliene parlerò.

CLAR. Ma fatelo presto.

CEL. Avete così gran fretta?

CLAR. Non saprei... gli anni passano. Vorrei essere collocata prima che voi moriste.

CEL. (*Sputa*)

CLAR. Siamo tutti mortali. Potreste mancare da un giorno all'altro.

CEL. (*Sputa*) Avete altro da dire? (*in collera*)

CLAR. Se anderete in collera, vi verrà un accidente. (*parte*)

CEL. (*Sputa*) Oimè! la bile è la mia rovina. M'accendo il sangue. Mi riscaldo il fegato. Subito mi si altera il polso. Eccolo qui. Batte come un martello. Sbalza. È irregolare. Povero me! Chi è di là? Vi è nessuno?

SCENA SETTIMA

TRACCAGNINO e CELIO

TRACC. Chi chiama?

CEL. Presto un medico per carità.

TRACC. A sta ora dove l'oi da trovar?

CEL. Cercalo subito. Va per le spezierie. Presto, che mi sento morire. (*sputa*)

TRACC. Lasserò ordine alla spezieria, che i lo manda col vien.

CEL. No, ho bisogno adesso.

TRACC. Adesso no lo troverò.

CEL. Cercalo, se lo trovi, ti do un ducato di buona mano.

TRACC. (Se podesse chiappar sto ducato!) (*da sé*)

CEL. Ma non perder tempo. Se trovi un medico, digli che venga subito; e se viene subito, gli do un zecchino.

TRACC. (Se podesse chiappar anca sto zecchin!) (*da sé*)

CEL. Presto, ti dico; ogni momento può essere per me fatale. (*si tocca il polso*)

TRACC. Ghe dirò, sior. È vegnù a Venezia un mio fradello da Bergamo, che l'è el più bravo medico de sto mondo. L'ha qualche piccolo difetto, ma l'è un omo grando. Se la lo vol provar, l'è in te la mia camera, lo farò vegnir.

CEL. Sì, sì, fallo venire. Lo proverò.

TRACC. Ma ghe darala el zecchin?

CEL. Glielo darò.

TRACC. E a mi el ducato?

CEL. E il ducato a te.

TRACC. Vago subito a farlo vegnir. (Se la va ben, chiappo trenta lire; se la va mal, non perdo gnente). (*da sé, e parte*)

48

CEL. Qualche volta questi medici di montagna ne sanno più dei medici di città. Hanno la cognizione dell'erbe, delle pietre; medicano per esperienza, e la fallano poche volte. Oh, stavo tanto bene, ed è venuta mia nipote a farmi tornare il mio male.

SCENA OTTAVA

ARGENTINA *e* CELIO

ARG. (Bravo Traccagnino. Vuò godere la scena, lo seconderò bene per buscarmi il mezzo ducato). (*da sé*)

CEL. Argentina, dammi una sedia.

ARG. Signor padrone, avete una gran brutta cera.

CEL. Ho brutta cera eh? Povero me! te ne intendi di polso?

ARG. Qualche cosa.

CEL. Senti.

ARG. Poverino! vi è del male.

CEL. Son morto.

ARG. Vi vorrebbe un medico.

CEL. Ora l'aspetto. Mi dice Traccagnino, ch'è venuto un suo fratello.

ARG. È verissimo. Un uomo di garbo. Ha fatto in pochi giorni cure grandissime. È brutto come Traccagnino. Gli somiglia affatto nel viso, se non che è un poco zoppo, ed ha qualche difetto di lingua. Per altro, quanto Traccagnino è sciocco, altrettanto suo fratello è dotto, spiritoso e valente.

CEL. Il cielo lo ha mandato. Spero che questo grand'uomo mi libererà; che importa ch'ei sia zoppo, ch'ei parli male, quando sa il suo mestiere? Me l'ha detto anche Traccagnino, che ha dei difetti.

ARG. Eccolo ch'egli viene.

CEL. Veh, veh, pare Traccagnino medesimo.

ARG. Se vi dico che si somigliano affatto.

SCENA NONA

TRACCAGNINO *da medico, zoppicando, e detti.*

TRACC. Chi chi chi chi chi chi...

CEL. Che linguaggio è questo? (*ad Argentina*)

ARG. Lasciamolo terminare.

TRACC. Chi chi chi chi chi è, che che che mi mi mi mi mi mi do do do do do do domanda.

CEL. È uno che tartaglia. (*ad Argentina*)

ARG. Un poco, per quel che si sente.

CEL. Zoppo, e tartaglia.

ARG. Ma è un uomo di garbo.

CEL. Sentiremo.

ARG. (È un prodigio se non iscoppio di ridere). (*da sé*)

CEL. Sono io, signore, che ho incomodato vossignoria, perché mi par d'aver male.

TRACC. Se se se se se se se se se...

CEL. Mi fa venir l'anticore.

TRACC. Se se se se se se se...

CEL. Se se se se; favorisca sentirmi il polso.

TRACC. Ma ma ma ma ma ma ma...

CEL. Presto, per carità.

TRACC. Ma ma ma ma ma ma male.

ARG. (Che ti venga la rabbia). (*da sé*)

CEL. Come male? Ho tanto male? Signor dottore, che cosa minaccia il mio polso?

TRACC. Un'apo apo po apopo...

CEL. Apopo?...

TRACC. Apopo...

CEL. Apople?...

TRACC. Apople...

CEL. Apoplesia?

TRACC. Pro pro pro ple ple ple...

CEL. Basta così; ho inteso. Presto, aiuto, per carità.

ARG. Signor dottore, per amor del cielo, ripari alla vita del povero mio padrone. Egli è generoso, riconoscerà il suo merito abbondantemente.

CEL. Sì signore, suo fratello gli averà detto, che per il presente suo incomodo le ho destinato un zecchino.

TRACC. E po po po, è po po po po po po...

CEL. E poi lasci fare a me.

ARG. Non ha voluto dire *e poi*. Voleva dire *è poco*.

CEL. Se è poco, comandi. Tutto quel che vuole. Ecco la borsa a sua disposizione.

TRACC. Be be... ba ba ba... bi bi bi... (*fa riverenza, e offerisce la mano per il regalo*)

CEL. Ordini intanto quello che può riparare la mia disgrazia.

TRACC. Re re re re re re re re re re.

CEL. Regola forse?

ARG. No, vorrà dir *recipe*.

CEL. Via, *recipe*. Che cosa?

TRACC. Sa sa sa sa sa sa sa sa..

CEL. Salsa pariglia?

TRACC. No. Sa sa sa sa sa sa sa...

ARG. Vorrà dir sangue.

CEL. Sangue?

TRACC. Sì sì sì.

CEL. *Recipe* sangue? *Recipe* vuol dir prendi: ho da prendere il sangue?

ARG. (Ora ci imbrogliamo tutti e due). (*da sé*)

TRACC. Que que que que que que... (*mostra una boccetta*)

ARG. Via, questo.

CEL. Questo?

TRACC. Be be be be be be be be...

CEL. Bene.

TRACC. Be be be be be be...

ARG. Bevere.

TRACC. Be be be...

CEL. Be be be...

TRACC. Be be vete.

CEL. Ma che cosa è, che l'ho da bevere?

TRACC. Spi spi spi spi spi spi...

ARG. Via, spirito.

TRACC. Di di di di di di...

CEL. Di che cosa?

TRACC. Di co co co co co co...

ARG. Di corallo?

TRACC. Di co co co co co co...

CEL. Di cocomero?

TRACC. Di co co co co co... (*adirandosi*)

ARG. Di corno?

TRACC. Co co co co co... (*fa riverenze*)

CEL. E come si prende?

TRACC. Co co co co co...

CEL. Co co co co co co. Io non vi capisco.

ARG. (È furbo come il diavolo. Col pretesto di tartagliare non s'impegna a parlare). (*da sé*)

SCENA DECIMA

PANTALONE *e detti.*

PANT. Amigo, compatime se vegno avanti.

CEL. Caro signor Pantalone, siate il benvenuto.

ARG. (Oh, questo è un imbroglio!) (*da sé*)

PANT. Cossa feu? Steu ben?

CEL. Mi è ritornato il mio male. Ed ora son qui con questo medico.

PANT. Quello xe Traccagnin, vostro servitor.

CEL. No, è suo fratello.

ARG. Somiglia assaissimo a suo fratello. Non vi è altra differenza, se non che questi è zoppo.

TRACC. (*Fa il zoppo*)

PANT. Bravo, sior zotto. (Ghe zogo, che i vol far zo sto minchion). (*da sé*)

CEL. Ha un altro difetto. Parla male, che non si sa che diavolo dica.

ARG. Per altro poi è un uomo grande, un eccellentissimo medico.

PANT. (Oh che baroni!) (*da sé*) Feme un servizio, fia, con licenza del vostro paron. Andè da siora
Flaminia, e diseghe che, se la se contenta, ghe vorave far una visita.

ARG. Non so se ora potrà...

PANT. Diseghelo, e sentiremo.

ARG. Non vorrei ch'ella...

CEL. Via; andate, obbedite, e non replicate.

ARG. Anderò. (Ho paura che finisca male per Traccagnino. Basta, ci pensi da sé). (*da sé, e parte*)

<h1 style="text-align:center">SCENA UNDICESIMA</h1>

CELIO, PANTALONE e TRACCAGNINO

PANT. E cussì, cosa dise sior dottor del mal del sior Celio?

TRACC. Ma ma ma ma ma ma ma

PANT. Cossa vol dir sto ma ma?

CEL. Vuol dir che ho male.

PANT. E mi ho paura che el voggia dir mamalucco. Cossa disela, sior dottor?

TRACC. Sì sì sì sì sì sì. *(con riverenza)*

PANT. Chi xe più mamalucco? l'amalà o el miedego?

TRACC. L'ama ma, l'ama ma...

PANT. El me me, el me me...

TRACC. Son dotto... dotto... to...

PANT. Sè un bell a... sè un bell a...

TRACC. Son dotto to to, son dotto to to.

PANT. Ve co co co co co co co...

TRACC. Chi chi chi so so so so so so son?

PANT. Tracca ca, tracca ca...

TRACC. Son fra fra de de de lo lo lo.

PANT. No no no, un fur fur fur ba ba ba zzo zzo zzo.

TRACC. Pa pa pa... *(con riverenza)*

PANT. Schia schia schia...

TRACC. Tro tro tro...

PANT. Vo vo vo...

TRACC. Va va va do do do. *(parte)*

PANT. Ve ve ve ma ma man do do.

CEL. Che cosa ha concluso questa vostra scena? Il medico se n'è andato, ed io sono restato com'era prima.

PANT. Sì, caro amigo. Sè restà colle vostre solite rane.

SCENA DODICESIMA

ARGENTINA, PANTALONE *e* CELIO

ARG. Signore. Dice la signora Flaminia, che se volete andare da lei, siete il padrone.

PANT. Vago subito.

ARG. (Traccagnino non vi è più. Son curiosa di sapere come ha finito). (*da sé, e parte*)

PANT. Quello donca xe un miedego.

CEL. Sì, difettoso, ma bravo.

PANT. E no l'è Traccagnin.

CEL. No, è suo fratello. Traccagnino non è zoppo.

PANT. Compare, i ve tol in mezzo.

CEL. Non può essere.

PANT. La discorreremo. Vago da siora Flaminia, e po torno da vu.

CEL. Sì, tornate, che vi ho da parlare.

PANT. De cossa?

CEL. Ho speranza che diveniamo parenti.

PANT. Come?

CEL. Se mia nipote non vi dispiacesse...

PANT. V'ala dito gnente de mi?

CEL. Mi ha parlato di voi con qualche passione.

PANT. (Oh che galiotta!) (*da sé*) Discorreremo.

CEL. Caro amico, volesse il cielo!

PANT. Se fusse seguro che la me volesse ben...

CEL. Credetemi, che ve ne vuole.

PANT. (Gnente no credo). (*da sé*) Anca mi no la me despiase.

CEL. Via dunque, che si facciano queste nozze.

PANT. Chi sa! Parleremo. (Gh'ho in testa che la se voggia devertir; ma se ella la xe dretta, gnanca mi no son gonzo). (*da sé, e parte*)

CEL. Eppure non mi par di sentirmi quel gran male... Potrebbe darsi, che divertito dalle parole... Il polso come sta? Sbalza al solito. Se mai fosse vero quello che ha detto il medico? Se mi venisse un accidente? (*sputa*) Il medico non sarà ancora partito. (*parte*)

SCENA TREDICESIMA

Camera di Flaminia.

FLAMINIA *e* PANTALONE.

PANT. Permettela che abbia l'onor de reverirla?

FLA. Questo è un favore ch'io non merito. Chi è di là? (*viene un Servitore*) Da sedere. S'accomodi.

PANT. La perdoni se vegno a darghe un incomodo.

FLA. Signore, torno a dirle che lo ricevo per un onore.

PANT. (La xe molto compita sta signora). (*da sé*)

FLA. Sono informata del di lei merito; e la gentilezza del di lei tratto supera la mia aspettazione.

PANT. Troppo onor, troppe grazie; mi no merito tanto. (No vorave che anca sta patrona se dilettasse de dar la soggia co fa quell'altra. Starò in guardia; no me lasserò minchionar). (*da sé*)

FLA. (Che cera aperta e gioiale che ha questo signore! Benché avanzato in età, mi piace infinitamente). (*da sé*)

56

PANT. El motivo per el qual son vegnù a incomodarla, no la se lo imaginerà cussì facilmente.

FLA. Certamente non saprei indovinare il motivo di questa grazia che da lei ricevo. So di non meritarla, e tanto più mi confondo.

PANT. La sappia che son bon amigo de sior Florindo.

FLA. Tanto più mi si conviene il titolo di vostra serva.

PANT. (Troppe cerimonie). (*da sé*) E son amigo egualmente de sior Ottavio.

FLA. Ho piacere.

PANT. So che sior Ottavio ha da esser el so sposo...

FLA. Potrebbe darsi che lo fosse; ma è più probabile che non lo sia.

PANT. So anca che ghe xe stà qualche pettegolezzo, qualche piccola differenza, per la qual apponto sento che la mette in dubbio ste nozze. Per questo donca me son tolto l'ardir de vegnir da ella. Mosso dall'amicizia, mosso dalle preghiere de sior Ottavio, e colla permission de so sior fradello, son vegnù mi sfazzadamente a parlarghe, e a assicurarla che sior Ottavio g'ha per ella tutta la stima e tutto l'amor; che nol xe quel omo vizioso e strambo, che fursi ghe sarà stà depento; che col sior Florindo i xe affatto pacificai, e che altro no manca per la conclusion de ste nozze, che ella colla so bontà, colla so prudenza, la torna a confermar quel sì, che pol consolar un amante, contentar un fradello, e far parer bon in sto caso un so umilissimo servitor.

FLA. Voi dite che il signor Ottavio mi ama e mi stima. Dovrei crederlo, perché lo dite. Ma se mi permettete di dubitare, vi dirò le ragioni che ho di temere.

PANT. La parla pur liberamente. No la se metta in suggezion. Ho gusto che la me diga el so cuor.

FLA. Il mio cuore, signor Pantalone, è poco inclinato per il signor Ottavio.

PANT. Mo perché? Non aveveli trattà de sto matrimonio?

FLA. Sì, è vero. Quando poco lo conoscevo.

PANT. Adesso donca la xe pentìa?

FLA. Pentitissima. So il suo modo di vivere, contrario affatto alle mie inclinazioni.

PANT. El so cuor a cossa saravelo inclinà?

FLA. A quello che mi sarà difficile di ottenere.

PANT. Che vuol dir mo?

FLA. Ad un uomo di senno, ad un uomo di merito, ad uno che preferire sapesse l'onore alle frascherie; e se la sorte mi offerisse un tale partito in questa città, vi giuro che mi reputerei fortunata.

PANT. (Ho inteso. La me vol imbonir. No ghe credo. Le xe tutte compagne). (*da sé*)

FLA. (Questa mia sincerità non gli dovrebbe esser discara). (*da sé*)

PANT. Mi per mi la conseggio, co la se vol maridar, tor uno del so paese.

FLA. Io non disprezzo la patria dove son nata; ma Venezia mi piace più; da questa riconosco l'origine, e vi resterei volentieri.

PANT. Donca no la gh'ha mai volesto ben a sior Ottavio?

FLA. Pochissimo sempre; ed ora meno che mai.

PANT. Perché gh'ala promesso?

FLA. Per compiacere Florindo.

PANT. In sto stato de cosse, no so cossa dir. Non ho coraggio de indurla a far un passo, che ghe pol esser de inquietudine e de tormento. La scusi se l'ho incomodada, e la me permetta che vaga...

FLA. Fermatevi, signore, non mi abbandonate sì presto per amor del cielo.

PANT. Cossa vorla dai fatti mii?

FLA. Giacché con tanta bontà v'interessate per le mie premure, per i vantaggi miei, soffrite ancora per un momento.

PANT. Son qua, la diga, la comanda. Farò tutto per obbedirla. (Squasi squasi con questa me butteria, ma no ghe credo; le xe tutte compagne). (*da sé*)

FLA. Possibile che per me non si ritrovasse in Venezia un accasamento decente?

PANT. Perché no? El se poderave trovar con facilità.

FLA. La mia dote non è molta, ma io non aspiro a grandezze.

PANT. Diesemile ducati no i xe tanto pochetti. (Par che la gh'abbia i più bei sentimenti del mondo; ma se pol dar che la finza.) (*da sé*)

FLA. Non amo il gran mondo; mi basterebbe trovar un marito che avesse per me della bontà, dell'amore, della tolleranza.

PANT. (Oh che belle parole! Ghe voggio dar una provadina). (*da sé*)

FLA. Ma, signore, v'annoiano forse i miei ragionamenti?

PANT. Siora no, anzi la me dà piaser. La diga, cara ella, come lo voravela sto novizzo? Vecchio? Zovene?

FLA. Di gioventù non mi curo. Gli uomini assennati fanno sperare miglior destino.

PANT. La mia età, per esempio, ghe comoderavela?

FLA. Ottimamente, signore.

PANT. (T'ho capio: oh che furba!) (*da sé*) Un omo della mia condizion saravelo el so caso?

FLA. Così il cielo me lo concedesse.

PANT. (Oh che drettona!) (*da sé*) Mi donca no ghe desplaserave?

FLA. A chi potrebbe dispiacere un uomo della vostra sorte?

PANT. Me despiase che son vegnù a parlar per un altro; da resto, se me fusse lecito de parlar per mi...

FLA. (*S'alza*) Signore, quantunque desideri d'esser contenta col mio accasamento, non intendo però di volermelo procurare senza l'assenso di mio fratello. Permettetemi che seco parli; e se le vostre espressioni saranno meco sincere, troverete in me uguale al rispetto la rassegnazione e l'amore.

PANT. Eh cara siora Flaminia, vedo benissimo...

FLA. Compatitemi s'io vi lascio. Vedo mio fratello uscire dalla sua camera; ho da parlargli prima ch'esca di casa.

PANT. La se comodi, come la comanda.

FLA. Signor Pantalone, le son serva. (Volesse il cielo che mi toccasse un uomo di garbo, e che restar potessi in questa cara città). (*da sé, e parte*)

PANT. Eh, l'ho dito. La me dà la burla. La crede d'averme tirà su abbastanza, e sul più bello la me vol impiantar. Ma no ghe stanzio: son nassuo avanti de ella, cognosso el tempo, e colle donne no me fido, e no me fiderò mai. A véderla la par una zoggia; ma de drento no se ghe vede. Dirò co dise quello:

Quel to dolce bocchin mette in saor;

Ma no te credo, se no vedo el cuor.

ATTO TERZO

SCENA PRIMA

NOTTE. Camera.

Flaminia *e* Florindo.

FLA. Così è, fratello mio. Quel vostro amico mi piace infinitamente. Il signor Pantalone è un uomo avanzato, ma di buona grazia e di buonissimo umore.

FLOR. Anch'io lo stimo infinitamente. Per la sua onoratezza, per il suo buon cuore ch'egli ha per gli amici suoi, il signor Celio ne parla con una grandissima stima; e per dir vero, tutti gli rendono giustizia, tutti di lui si lodano, e tutti nelle loro conversazioni lo bramano.

FLA. Felice me, se mi toccasse un marito di questa taglia.

FLOR. Lo prendereste voi, benché vecchio?

FLA. Mi consigliereste voi ricusarlo unicamente per questo?

FLOR. Niuno consiglierà una donna, che preferisca un giovane pazzo ad un vecchio saggio; ma le donne poche volte ascoltano gli altrui consigli, e se hanno la libertà di scegliere, per lo più si abbandonano al peggio.

FLA. Di me, Florindo carissimo, dovreste aver miglior concetto. Sapete ch'io sempre stata sono nemica della gioventù scorretta. Mi sarei adattata a sposare il signor Ottavio per compiacervi, quando non lo avessi scoperto di poca mente, e di peggiore condotta. Ora mi permetterete ch'io dica di non volerlo, e voi stesso che siete del di lui procedere mal soddisfatto, troverete il pretesto per licenziarlo.

FLOR. Sarà meglio che ritorniamo in Livorno.

FLA. No, Florindo, è meglio che noi restiamo in Venezia.

FLOR. Ottavio ci darà dei disturbi.

FLA. Vi sarebbe il modo facile per farlo tacere.

FLOR. E come?

FLA. Se io mi maritassi, si estinguerebbe in lui la speranza.

FLOR. Siamo forestieri, Flaminia, non è così facile...

FLA. Eh, basta volere.

FLOR. Ho io d'andar cercando per mia sorella il marito?

FLA. Non basterebbe che, trovandolo io, l'approvaste?

FLOR. Quando fosse da vostro pari...

FLA. Non lo sarebbe il signor Pantalone?

FLOR. Pensate voi se il signor Pantalone vuol prender moglie! Ha sempre detto ch'egli ama la sua libertà.

FLA. E pure, se argomentar volessi da certe parole... da certe occhiate...

FLOR. Duro fatica a crederlo; ma quando mai ciò fosse, io sarei contentissimo.

FLA. Mi permettete che possa assicurarmene destramente?

FLOR. Fatelo colla solita prudenza vostra. Ma Ottavio ci sarà d'ostacolo.

FLA. Basta ch'io dica di non volerlo, perché egli abbia da cedere ogni sua pretensione. Finalmente non sono corse che sole parole, e queste non hanno più sussistenza, sempre che la vita, ch'egli ora mena, giustifica le mie ripulse.

FLOR. Non so che dire. Altra sorella non ho che voi. Bramo di contentarvi. (*parte*)

SCENA SECONDA

FLAMINIA *sola*.

FLA. Con un vecchietto allegro non potrei stare che bene. Se fosse uno di quei rabbiosi, o uno di quelli che soffrono più malattie che anni, mi guarderei dal prenderlo. Ma certamente il signor Pantalone fa invidia ad un giovanetto.

SCENA TERZA

CLARICE *e detta.*

CLAR. Si può venire, signora Flaminia?

FLA. Favorite pure, signora Clarice, mi fate onore.

CLAR. Siamo nella medesima casa, e ci vediamo pochissimo.

FLA. Io non ardisco di disturbarvi.

CLAR. Cara amica, mi mortificate. Sapete pure...

FLA. Sì, lo so che mi volete bene.

CLAR. Vostro fratello vuol più partire per ora?

FLA. Ho speranza di no. Se sapeste... Basta.

CLAR. Raccontatemi qualche cosa.

FLA. Ho speranza di restar qui per sempre.

CLAR. Maritarvi qui forse?

FLA. Chi sa.

CLAR. E il signor Ottavio?

FLA. Se lo prenda chi vuole.

CLAR. (Me lo prenderei io, se me lo dessero). (*da sé*)

FLA. Che dite?

CLAR. Nulla. Avete qualche cosa per le mani?

FLA. Vi è un certo vecchietto... Per ora non posso dir niente, saprete tutto...

CLAR. A proposito di vecchietto, stamane mi sono divertita assaissimo con un vecchio.

FLA. Chi è questi? Lo conosco io?

CLAR. Sì, lo conoscete. È il signor Pantalone.

FLA. Non mi maraviglio che vi siate ben divertita. È l'uomo più lepido e più gentile di questo
mondo.

CLAR. Volete che ve ne racconti una bellissima?

FLA. La sentirò volentieri.

CLAR. Il signor Pantalone si è innamorato di me.

FLA. Innamorato di voi?

CLAR. Sì: che ne dite? Non è un bel pazzo? Potrebbe esser mio padre.

FLA. Da che l'avete voi argomentato, che sia invaghito di voi?

CLAR. Oh, da cento cose. Se l'aveste veduto! languiva, propriamente languiva. E poi me l'ha detto a chiarissime note.

CLA. (Pazienza! mi sarò ingannata). (*da sé*) Voi come avete corrisposto alle sue finezze?

CLAR. Io? Ve lo potete immaginare. Quando gli uomini passano li trent'anni, non li tratto più volentieri. Mi sono un po' divertita. L'ho lusingato un poco il povero galantuomo; l'ho lasciato partir colla bocca dolce; ma a trattenermi di ridere ho fatto una fatica bestiale.

FLA. Parmi che il signor Pantalone non sia persona che meriti d'esser derisa.

CLAR. Oh, in quanto a me, non la perdonerei nemmeno a mio padre.

FLA. È molto che un uomo di mondo, accorto come lui siasi lasciato burlare.

CLAR. Voleva egli far il bravo. Badava a dire che le donne non l'hanno mai innamorato, che non le stima, che non le cura. Ma io con due paroline, con un'occhiatina di quelle che ammazzano, l'ho colpito, l'ho ferito, e l'ho conquassato.

FLA. Povero signor Pantalone, mi dispiace vederlo posto in derisione così.

CLAR. Siete assai compassionevole. Ma voi, ora che mi sovviene, siete portata assaissimo per i veneziani. Vi lasciereste far giù facilmente da un venezianotto che sapesse fare.

FLA. Io non praticherei persona che mi potesse far giù.

CLAR. Se praticaste il signor Pantalone, può essere che con voi gli riuscisse di fare quello che non gli è dato l'animo di fare con me.

FLA. Che vuol dire?

CLAR. Siete tanto di buon cuore, che quantunque egli sia vecchio, scommetto vi avreste da lui lasciata menar per il naso.

FLA. Non posso tener celata la verità. Il signor Pantalone è un uomo che mi piace infinitamente.

CLAR. Voi mi dite ora una cosa che mi dà pena. Flaminia, non vorrei che gli diceste ch'io lo burlo.

FLA. Non gli dirò che lo abbiate burlato. Ma per l'avvenire potete tralasciare di farlo.

CLAR. Mi volete far perdere il più bel divertimento di questo mondo.

FLA. Cara amica, vi par cosa onesta deridere in sì fatta maniera una persona di garbo? Fino che aveste per lui qualche inclinazione, vi compatirei; ma per deriderlo solamente, io non vi saprò lodare.

CLAR. Basta... sentite... Se devo confidarvi la verità, non lo faccio poi solamente per deriderlo; ma... quantunque non mi piacciano i vecchi, il signor Pantalone ha un non so che, che mi dà nel genio.

FLA. (Peggio ancora per me). (*da sé*)

CLAR. (È necessario burlar anche lei, chi non vuol perdere il divertimento). (*da sé*)

FLA. Lo pigliereste voi per marito?

CLAR. Perché no? Potrebbe anche darsi.

FLA. Se disprezzate gli uomini che hanno passati i trent'anni!

CLAR. Tutti gli uomini non sono come il signor Pantalone.

FLA. Ed egli credete voi che aderisse alle vostre nozze?

CLAR. Lo credo sicuramente.

FLA. Potreste anche ingannarvi.

CLAR. Sapete voi qualche cosa in contrario?

FLA. Il mio dubbio è fondato sul temperamento del signor Pantalone. Non mi par uomo da lasciarsi lusingare sì facilmente.

CLAR. Oh Flaminia cara, mi conoscete poco.

FLA. Qualche volta ci fidiamo troppo di noi medesime.

CLAR. Quasi quasi, mi fareste venire un poco di caldo.

FLA. Non vi riscaldate. Se saranno rose, fioriranno.

CLAR. Fioriranno certo.

SCENA QUARTA

CELIO *e dette.*

CEL. Nipote mia, dove vi cacciate voi, che non vi lasciate trovare?

CLAR. Eccomi qui, signore. Vi occorre nulla da me?

CEL. Per voi si può morire; non vi lasciate vedere.

CLAR. Vi è venuto forse qualche accidente?

CEL. (*Sputa*) No, per grazia del cielo. Non mi parlate di queste cose per carità.

FLA. In verità, signor Celio, avete una buonissima cera.

CEL. In buon punto, in buon'ora lo possa dire che il cielo mi conservi.

CLAR. Via, state allegro. Siete grasso, rosso, fresco...

CEL. In buon punto, in buon'ora lo possa dire che il cielo mi conservi.

CLAR. Sì, caro zio, il cielo vi conservi.

CEL. Un grand'uomo è quel signor Pantalone. Basta ch'io lo veda, basta che stia un'ora con lui, mi passa tutto.

FLA. Il signor Pantalone è adorabile.

CEL. È adorabile certo.

CLAR. In fatti, dopo che siete stato a desinare con lui, siete più allegro, più brillante, più bello.

CEL. In buon punto, in buon'ora lo possa dire che il cielo mi conservi.

CLAR. Sono svaniti i giramenti di testa?

CEL. Sì. (*sputa*)

CLAR. Il polso va bene?

CEL. Sì. Ma non mi parlate di queste cose. Nipote mia, il signor Pantalone è la mia salute. Egli mi ha guarito; in buon punto lo possa dire, e desidero d'averlo sempre al mio fianco; onde voglio assolutamente che si faccia questo matrimonio.

FLA. Qual matrimonio, signore?

CEL. Del signor Pantalone con mia nipote.

CLAR. Sentite? (*a Flaminia*)

FLA. È disposto il signor Pantalone?

CEL. Signora sì, è disposto. Gliel'ho detto, Clarice, e spero che si farà senz'altro.

CLAR. Sentite? (*a Flaminia*)

FLA. Me ne rallegro infinitamente.

CLAR. (Ora la scena si fa più bella). (*da sé*) Come gli avete detto, signor zio?

CEL. Gliel'ho detto... Non mi ricordo più le precise parole: ma contentatevi, ch'egli non è lontano.

FLA. (Le mie speranze sono perdute). (*da sé*)

SCENA QUINTA

ARGENTINA *e detti.*

ARG. Signore, siete domandato. (*a Celio*)

CEL. Chi mi vuole?

ARG. Il giovine dello speziale col solito divertimento.

CEL. Col lavativo?

ARG. Per l'appunto.

CEL. Vengo subito.

CLAR. Ma se state bene ora: che cosa volete fare di questa sudicieria?

CEL. Sono avvezzo così. Se non lo facessi, mi ammalerei.

CLAR. Eh via, che siete sano, e starete sano.

CEL. In buon punto, in buon'ora lo possa dire che il cielo mi conservi. (*parte*)

SCENA SESTA

FLAMINIA, CLARICE *e* ARGENTINA.

ARG. Signora Flaminia, anch'ella è domandata.

FLA. Da chi?

ARG. Dal signor Pantalone.

FLA. Avete sbagliato. Sarà la signora Clarice.

ARG. No davvero, ha domandato di lei.

FLA. Per me è padrone.

CLAR. Io partirò, signora.

FLA. No, no, restate pure.

ARG. Eh, stia forte. Il vecchietto è di buon gusto. Non si confonderebbe se fossero sei. (*parte*)

CLAR. (Vado fra me dubitando, che Flaminia sia gelosa di questo vecchio. La sarebbe bella davvero). (*da sé*)

FLA. (Può esser che venga qui, perché vi si trova Clarice). (*da sé*)

CLAR. In verità, signora Flaminia, se avete qualche interesse con lui...

FLA. Io non ho interessi da trattare in segreto con chi che sia. (*alterata*)

CLAR. Via, via, non vi riscaldate.

FLA. Una volta per ciascheduna.

SCENA SETTIMA

Pantalone *e dette.*

PANT. Servitor umilissimo.

FLA. Serva umilissima.

CLAR. Gran carestia fa della sua persona il signor Pantalone. Non si vede mai.

PANT. (Adesso la me minchiona). (*da sé*) Nevvero, patrona? Xe cent'anni che no se vedemo.

Quanti minuti xe passai da sta mattina a stassera?

CLAR. Quando si ha della premura, le ore paiono secoli.

PANT. (E tocca via). (*da sé*) E per questo anca mi ziro e reziro come l'ave intorno al miel. (Botta de remando). (*da sé*)

FLA. Sarete venuto, signor Pantalone, per fare una visita alla signora Clarice.

PANT. Se gh'ho da dir la verità...

FLA. Spiacemi che l'abbiate ritrovata qui col disagio della mia compagnia; ma mi ritirerò per non disturbarvi.

CLAR. (Ora ci ho gusto). (*da sé*)

PANT. Anzi, patrona, voleva dirghe che son qua per parlar con ella.

FLA. Eh no, signore; ci conosciamo.

PANT. (Siestu malignaza! Anca questa la finze de esser zelosa. Le me tol per man, come va, ste patrone; ma no le ha da far con un orbo). (*da sé*)

CLAR. Signor Pantalone, se avete de' segreti colla signora Flaminia, comodatevi, io partirò.

PANT. La me vol privar delle so grazie! La me vol lassar cussì presto?

CLAR. Quando poi la mia presenza non vi dia noia, resterò per compiacervi.

PANT. La me consola, la me rallegra, la me fa respirar.

CLAR. (Il vecchio si scalda). (*da sé*)

PANT. (Le pago coll'istessa monea). (*da sé*)

FLA. Orsù, signori miei, io non ho da essere testimonio de' vostri vezzi.

PANT. Son qua per ella con tutto el cuor. (*a Flaminia*)

FLA. Il vostro cuore è impegnato.

PANT. Gh'ala nissuna premura per el mio cuor?

FLA. Corme potete voi dire d'essere qui venuto per me?

PANT. Ghe dirò. Ho trovà so sior fradello, el m'ha dito certe cosse, certe parole... che no le capisso ben.

FLA. A mio fratello voi non dovete badare.

CLAR. Che cosa vi ha detto il fratello della signora Flaminia?

PANT. No gh'ho suggizion a dirlo. El m'ha dito cussì...

FLA. Signore, mi maraviglio di voi, che vogliate dire in pubblico ciò che mio fratello vi avrà detto in segreto.

PANT. No la xe cossa che no se possa dir...

FLA. Tant'è, voi non l'avete da dire.

CLAR. (Vi è qualche mistero assolutamente). (*da sé*)

PANT. Sala ella cossa che el me pol aver dito? (*a Flaminia*)

FLA. Me l'immagino.

PANT. Cossa ghe par su quel proposito che la s'immagina?

FLA. Che cosa pare a voi?

PANT. Vorla che diga come l'intendo?

FLA. Sì, ditelo pure.

PANT. Intendo, vedo e capisso che i se tol spasso de mi.

FLA. Non è vero, signore...

PANT. Cossa disela de sto tempo, patrona? (*a Clarice*)

CLAR. Il tempo è bello, ma la mia fortuna è assai trista.

PANT. Cossa gh'ala che la desturba?

CLAR. Ah signor Pantalone. (*sospira*) Niente. (*si volta e ride*)

FLA. (Ehi, vi burla). (*a Pantalone*)

PANT. (Eh, me ne son intaggià). (*a Flaminia*)

FLA. (Se conosceste meglio il mio cuore...) (*a Pantalone*)

PANT. La diga mo.

FLA. Pazienza. Non posso dirvi di più. (*si volta*)

CLAR. (Le credete?) (*a Pantalone*)

PANT. (Gnente affatto). (*a Clarice*)

FLA. (Clarice mi disturba infinitamente). (*da sé*)

PANT. Comandele che le serva de una fettina de pero?

CLAR. Ha tutte le sue galanterie il signor Pantalone.

PANT. Cosse da vecchio, védela. Cosse da poveromo. Roba tenera, e che costa poco. (*tira fuori un coltello per mondare la pera*)

CLAR. Capperi! Quel pezzo di coltello portate in tasca?

PANT. Arma spontada, che no serve più. (*mondando la pera*)

FLA. Siete fatto apposta per favorire le donne.

PANT. Una volta m'inzegnava.

CLAR. Se siete il ritratto della galanteria!

PANT. Dasseno? (*mondando la pera*)

FLA. La grazia non si perde sì facilmente.

PANT. Eh via. (*come sopra*)

CLAR. Guardate come monda bene quella pera.

PANT. Una volta me destrigava in do taggi. Adesso bisogna che fazza un pochetto alla volta.

FLA. Per far le cose bene, ci vuole il suo tempo.

PANT. Una volta fava presto, e ben; adesso fazzo adasio, e mal.

CLAR. Eh via, non vi avvilite, signore. Siete un uomo fresco, forte, robusto.

PANT. La toga sto bocconzin de pero. (*a Clarice*)

CLAR. Obbligatissima.

PANT. Anca ella, patrona. (*a Flaminia*)

FLA. Vi ringrazio, signore. Frutti non ne mangio mai.

PANT. No la se degna de receverlo dalle mie man?

CLAR. Ha ragione la signora Flaminia; a lei dovevate presentarlo prima.

FLA. Io non ho queste pretensioni.

PANT. Mi no vardo le suttiliezze. Vago alla bona, vago all'antiga. La favorissa, la prego. (*a Flaminia*)

FLA. Davvero vi sono obbligata. (*lo ricusa*)

PANT. La toga ella. (*a Clarice*)

CLAR. Vi ringrazio. (*lo ricusa*)

PANT. Lo magnerò mi. (*mangia, e segue a tagliare*)

FLA. Credetemi, signora Clarice, che il vostro carattere mi fa specie.

CLAR. Ed il vostro, signora, mi fa compassione.

PANT. Comandela? (*offre a Flaminia*)

FLA. Obbligatissima. (*ricusa*)

PANT. Ella? (*a Clarice*)

CLAR. Grazie. (*ricusa*)

PANT. Magnerò mi. (*mangia, e segue a tagliare*)

FLA. La burla va bene fino ad un certo segno. (*a Clarice*)

CLAR. Molte volte si dicono delle cose per iscoprire l'altrui intenzione.

FLA. In ogni maniera il fingere non è cosa buona.

CLAR. Si vedono i difetti altrui, e non si conoscono i propri.

PANT. Comandela? (*a Flaminia*)

FLA. Dispensatemi, signore. (*ricusa*)

PANT. Comandela? (*a Clarice*)

CLAR. Sto bene così. (*ricusa*)

PANT. Lo magnerò mi.

FLA. Io sono una donna che parla chiaro.

CLAR. Ed io sono una che non parla torbido.

PANT. El rosegotto no la lo vorrà. (*a Flaminia*)

FLA. (Che femmina ardita!) (*da sé*)

PANT. Gnanca ella. (*a Clarice*)

CLAR. Sì, signore, io lo prenderò. (*lo prende di mano a Pantalone*)

PANT. Brava. Da mi no se pol sperar altro che rosegotti.

FLA. Ho inteso, signori miei. Accomodatevi meglio senza di me.

PANT. Eh via, me maraveggio. Cossa vol dir? Se scàldele? se vorle dar per le mie maledette bellezze? A monte, patrone, a monte ste cargadure. Se cognossemo. So che le me burla. Son vecchio, ma no son da brusar. E se le me tol per un rosegotto de fatto, le sappia che gh'ho ancora polpa, sugo e sostanza; che son mauro, ma no son marzo; e che se no son un pero botirro da prima stagion, son un pero da inverno ben conservà, che no gh'ha invidia d'una nespola dalla corona.

FLA. Signore, se voi parlate di me, sappiate...

CLAR. Io non so fingere, signore.

SCENA OTTAVA

OTTAVIO *e detti.*

OTT. Non vi è nessuno che porti un'ambasciata?

FLA. Possibile che non vi sia nessuno?

OTT. Non vi è nessuno, signora. Compatitemi, se ho ardito di entrare. Premevami di vedere il signor Pantalone.

PANT. Son qua. Cossa me comandela?

FLA. Come sapevate ch'ei fosse qui?

OTT. Me l'ha detto il signor Celio. Ma, signora, la mia persona vi è molto odiosa, per quel ch'io vedo.

FLA. Eccolo il signor Pantalone; servitevi, se vi aggrada.

OTT. Una parola in grazia, signore. (*tira in disparte Pantalone*)

CLAR. (Si vede che il signor Ottavio non lo può vedere. Senz'altro è innamorata del signor Pantalone. Ora mi fa venir volontà di farla disperare davvero). (*da sé*)

PANT. Vegnì qua; contemela mo. Donca sior Martin...

OTT. Il signor Martino mi ha fatto un affronto in pubblico per causa vostra.

PANT. Per causa mia?

OTT. Sì signore. I zecchini che voi gli avete pagati per me, dic'egli che calano venti grani, e pretendeva ch'io glieli barattassi. Ha pubblicato alla presenza di mezzo mondo, che ho perduto sulla parola. Che voi avete pagato per me. Che ho impegnato l'anello. E dicendogli che, se i zecchini calano, venga a farsi risarcire da voi, ha detto che siete un prepotente, un bulo, un uomo che vuol vivere con soverchieria.

PANT. De mi l'ha dito sta roba?

OTT. L'ha detto; ed ha soggiunto che ha coraggio per sostenerlo.

PANT. Non occorr'altro. Ho inteso.

OTT. Ve la passerete voi senza risentimento?

PANT. Ho inteso.

OTT. Io avrei cambiati volentieri a colui li zecchini calanti, ma sapete il mio stato...

PANT. Le compatissa, se le lassemo sole.

OTT. Se voi mi voleste favorire sopra l'anello...

PANT. Le me permetta che vaga in t'un servizietto. Tornerò a riverirle; perché, sul proposito che gerimo, no son gnancora contento. Vôi che vegnimo in chiaro della verità. Son un galantomo...

OTT. Se siete un galantuomo, dovete ascoltarmi...

PANT. Son un galantomo, e no vôi sentir altro. Patrone. (*parte*)

OTT. Questa è una inciviltà, una indiscretezza, un'impertinenza.

FLA. Signor Ottavio, nelle mie camere non vorrei che si alzasse la voce.

OTT. Nelle vostre camere non parlerò più, né alto, né basso.

FLA. Mi farete piacere.

OTT. Non so per altro da che provenga il disprezzo, con cui da poco in qua mi trattate.

CLAR. (Ve lo dirò io). (*ad Ottavio*)

FLA. Non oso disprezzarvi; ma intendo di essere nella mia libertà.

OTT. Posso sapere almeno il perché?

CLAR. (Causa il signor Pantalone). (*ad Ottavio*)

OTT. Il signor Pantalone, signora, vi ha parlato di me?

FLA. Sì, mi ha parlato con del calore. Mi ha detto cento belle ragioni, perché si concludessero le nostre nozze.

CLAR. (Non le credete). (*ad Ottavio*)

OTT. E voi, signora, che cosa avete in contrario?

FLA. Per ora non ho piacere di legarmi.

OTT. Non dicevate così pochi giorni sono.

FLA. Non lo sapete, signore? Noi donne siamo volubili.

CLAR. Piano, signora Flaminia, che se lo siete voi, non lo sono tutte.

FLA. È vero: voi non siete di questo numero.

CLAR. Io mi picco d'essere una donna costante.

FLA. Costantissima nel burlarvi sempre di tutti.

CLAR. Come potete dirlo?...

OTT. Con vostra licenza, signora Clarice, vorrei che la signora Flaminia mi spiegasse con un poco più di chiarezza il motivo della sua novella avversione all'affetto mio.

CLAR. Ma se ve lo dirò io. (*ad Ottavio*)

OTT. Voglio saperlo da lei.

FLA. Dispensatemi, signor Ottavio.

OTT. Non signora, non posso in ciò dispensarvi. Pretendo che mi abbiate a dire il perché.

FLA. Ve lo dirò un'altra volta.

OTT. Ora voglio saperlo. Voglio saperlo ora, per regolarmi anch'io a misura delle vostre ragioni.

FLA. Ve lo dirò dunque.

CLAR. Siete buono, se credete ch'ella voglia dirvi la verità. (*ad Ottavio*)

OTT. Questo è quello che anch'io pavento. Voi non mi direte la verità.

FLA. Ve la dirò, signore, ve la dirò, perché mi costringete a doverla dire. E voi stesso giustificatemi presso quella signora che non mi crede; ditele voi, se vi dico il vero. Signor Ottavio, quando vi ho conosciuto a Livorno, parevate un giovane di buon costume. In Venezia tardi ho saputo il modo vostro di vivere. Voi siete un giocatore vizioso; siete un uomo che si rovina, che cimenta la propria riputazione, che non merita stima, che non esige rispetto, e che da me non può lusingarsi di essere amato. Eccovi la verità: se vi dispiace d'averla intesa, incolpate voi stesso, che mi avete importunato per dirla. Ringraziate la signora Clarice, che mi ha insolentato per pubblicarla. (*parte*)

CLAR. Che dice il signor Ottavio?

OTT. (Venezia non è più paese per me). (*da sé, e parte*)

CLAR. Non mi risponde nemmeno. Convien dire che Flaminia abbia detto la verità. (*parte*)

SCENA NONA

NOTTE.

Strada.

PANTALONE *con lanterna, e due* UOMINI

PANT. Lo cognosseu sior Martin?

UOMO Lo cognosso.

PANT. De qua l'averia da passar.

UOMO A sta ora el passa ogni sera.

PANT. Ben, retireve. Stè attenti; e col capita, deghe sie bastonadele per omo, e gnente più.

UOMO Lassè far a mi sior.

PANT. No ghe dè sulla testa. No ghe fe troppo mal. Me basta che l'impara a parlar ben dei galantomeni della mia sorte. Vu altri stè là; mi stago qua; e se ghe sarà bisogno de gnente, fideve de mi. Savè chi son. No ve lasserò in te le péttole. (*chiude la lanterna*)

UOMO Me despiase de no poderghe dar sulla testa. (*partono*)

PANT. De costori me posso fidar. Per mi i anderave in tel fogo, perché po anca mi, in ti so bisogni, ghe fazzo del ben se occorre, so defenderli in t'una occasion; e per i mi amici, e per i mi dependenti, ghe son colle man, colla ose, colla scarsella e colla vita stessa se occorre.

SCENA DECIMA

BRIGHELLA *con lanterna accesa, e* PANTALONE.

75

BRIGH. Oh sior Pantalon, ela ella?

PANT. Stuè quel feral.

BRIGH. Gh'ho da parlar, gh'ho da dar una polizza.

PANT. Stuè quel feral, ve digo.

BRIGH. Ma no se ghe vede...

PANT. Lo stuerò mi. (*dà un calcio alla lanterna, e gliela getta di mano*)

BRIGH. Obbligatissimo.

PANT. Parlè a pian. Cossa voleu?

BRIGH. Ho da darghe una polizza del me patron.

PANT. Cossa vorlo da mi sior Ottavio. Me mandelo i mi quaranta ducati?

BRIGH. Credo anzi, che el ghe ne voia dei altri.

PANT. Andè a bon viazo, compare. Da mi no se vien a oselar i merlotti.

BRIGH. Ma la senta sta polizza.

PANT. Quando l'alo scritta?

BRIGH. Adesso, in sto momento.

PANT. No xe mezz'ora che l'ha parlà co mi.

BRIGH. E dopo l'ha scritto sto viglietto.

PANT. Dè qua; lassè véder.

BRIGH. Védela? Se avesse la lanterna che la m'ha morzà...

PANT. Gnente, ghe xe el bisogno. Seu omo da vardarme la schena?

BRIGH. Ala qualche nemigo?

PANT. Ghe xe dei baroni. Stè attento se vien nissun, e avviseme. (*apre la lanterna*)

BRIGH. (No vorria entrar in qualche impegno. Dall'altra parte me preme anca mi sti danari). (*da sé*)

PANT. (*Legge*) *Signor Pantalone riveritissimo. Dovendo domani partir per Livorno per accomodare gli affari miei, sono in necessità di danaro. Vorrei disfarmi del mio anello che ha vossignoria nelle mani; perciò la prego, se fa per lei, darmi il restante del prezzo, e se non lo vuole per sé procurarne la vendita sollecitamente. A me è costato dugento zecchini; ma lo stato in cui mi ritrovo, mi obbliga a darlo per meno. A lei mi rimetto, essendo certo della sua onoratezza, assicurandola che, in caso tale, il di lei soccorso può contribuire alla mia quiete ed alla mia riputazione. Attendo la risposta con impazienza alla spezieria del Satiro, e riverendola sono.* Poverazzo! el me fa anca peccà.

BRIGH. Ala letto?

PANT. Ho letto. (*serra la lanterna*)

BRIGH. Cossa disela? Lo porla consolar?

PANT. Sentì, missier Brighella, mi son uno che per gonzo non vôi passar. Fazzo servizio, co posso, basta che no i me vegna con dei partii. Se sior Ottavio vol andar a Livorno, se el gh'ha bisogno dasseno per i fatti soi, e no per zogar, son un galantomo, lo servirò. L'anello l'ho fatto véder, l'ho fatto stimar. Tutti lo considera de sotto dei cento e cinquanta zecchini. Ma a chi stima, no ghe dol la testa. Andè là, andè dal vostro paron, diseghe che, se l'è contento, ghe ne darò cento e settanta. Comprerò mi l'anello per farghe servizio, e perché nol creda che voggia far negozio sul so bisogno, diseghe che el vaga a Livorno, che el fazza i fatti soi: tegnirò l'anello sie mesi, un anno, e senza nissun interesse; e col me darà i mi bezzi, ghe darò la so zoggia indrio.

BRIGH. Questo l'è un trattar da gran signor, da par soo.

PANT. No son un gran signor, ma son un galantomo. Son chi son.

BRIGH. Caro sior Pantalon...

PANT. Andè via, no perdè più tempo. Adessadesso sarò là anca mi.

BRIGH. Vago subito. Ma no ghe vedo.

PANT. Aspettè, che ve farò luse. (*apre la lanterna*)

BRIGH. No vorave...

PANT. Andè via de qua, ve digo.

BRIGH. (Anderò da st'altra banda). (*da sé, e parte*)

PANT. Ho paura che i passa la mezza dozzena. (*fischia*)

SCENA UNDICESIMA

MARTINO *e* PANTALONE.

MART. Furbazzi! Sassini! Mi no fazzo gnente a nissun.

PANT. Com'ela? (*apre la lanterna*)

MART. Sior Pantalon, son sassinà.

PANT. Gnente, compare, el scarso dei zecchini.

MART. A mi, cospettonazzo?

PANT. Via, sangue e tacca. (*mette mano*)

MART. Sior Pantalon, bona sera sioria.

PANT. Schiavo, compare.

MART. No credeva mai, che me fessi sto affronto.

PANT. Quanto giereli scarsi i zecchini?

MART. Via, no parlemo altro.

PANT. Vôi saver quanto che i giera scarsi.

MART. Quattordese grani.

PANT. Sie fia quattordese ottantaquattro. Tolè sto mezzo felippo, che me darè el resto doman.

MART. Eh, n'importa.

PANT. Tolèlo, che voggio che lo tolè.

MART. Lo togo.

PANT. Semo del pari. Mi ho pagà el mio debito, e vu avè pagà el vostro. Zitto, gnente fu, gnente sia.

MART. Grazie de tutto, sior Pantalon.

PANT. Sè paron de mi, compare Martin. A revéderse; e co volè qualcossa da mi, comandeme. (*parte*)

MART. Manco mal che xe de notte. Nissun saverà gnente. (*parte*)

SCENA DODICESIMA

Camera in casa di Celio.

CELIO *e* TRACCAGNINO.

TRACC. Sior patron, la me favorissa el ducato.

CEL. Tieni, te lo dono, ma non lo meriti. Che razza di medico è colui? Borbotta che non s'intende; non ha detto nulla, e mi ha fatto venire più male di quel che aveva. (*sputa*)

TRACC. E sì l'è un omo de garbo.

CEL. Vammi a ritrovare il signor Pantalone.

TRACC. E no la me dise altro?

CEL. Non ti ho da dir altro. Vammi a trovar il signor Pantalone.

TRACC. No me par che abbiè dito tutto.

CEL. Che cosa dovrei dire di più?

TRACC. Me par che doveressi dir: Vammi a ritrovare il signor Pantalone, che ti donerò un ducato.

CEL. Briccone; ti do il salario, e se voglio un servizio, ho da pagarti ancora?

TRACC. Quelle parole le ha una virtù simpatica, che me fa camminar più presto.

CEL. Va subito. Vammi a ritrovare il signor Pantalone.

TRACC. Che ti darò un ducato.

CEL. Che ti darò, se non vai, delle bastonate.

TRACC. Quelle le xe parole, che per antipatia le me impedisse de camminar.

CEL. Ti farò muovere con il bastone.

TRACC. Se me darè, ve vegnirà una sciatica in t'un brazzo.

CEL. (*Sputa*) Va via di qua.

TRACC. Se griderè, ve vegnirà la scaranzìa.

CEL. (*Sputa*) Va via, dico.

TRACC. Ve vegnirà la colica in tel cervello.

CEL. Sta zitto, briccone. (*sputa*)

TRACC. Se anderè in collera, deventerè paralitico.

CEL. (*Sputa*) Il diavolo che ti porti.

TRACC. Se chiamerè el diavolo, el ve porterà via.

CEL. (*Sputa forte*) Oimei. Vattene per carità.

TRACC. Via, vado. Za el ducato me lo darè.

CEL. Te lo darò. Vattene, te lo darò.

TRACC. Gnente paura, sior patron. Sì bello, san; gh'avè bona ciera.

CEL. In buon'ora, in buon punto lo possa dire che il cielo mi conservi.

TRACC. El vostro mal l'è in tel cervello.

CEL. Sei un briccone.

TRACC. In buon punto, in buon'ora lo possa dire che il cielo mi conservi. (*parte*)

SCENA TREDICESIMA

CELIO *solo.*

CEL. Tutti mi fanno arrabbiare, mi fanno disperare, mi fanno crescere il male. Non vi è altri che il signor Pantalone che mi consoli, che mi faccia star bene. Volesse il cielo ch'egli prendesse mia nipote per moglie, e che volesse venire a stare con me; lo farei padrone di tutto il mio.

SCENA QUATTORDICESIMA

CLARICE *e detto.*

CLAR. E bene, signor zio...

CEL. O nipote, ora appunto pensava a voi.

CLAR. Ed io voleva domandarvi, che cosa ha detto di me il signor Pantalone.

CEL. Ha detto qualche cosa che mi fa sperar bene. Voi lo prendereste volentieri?

CLAR. Se avesse egli trent'anni di meno, perché no?

CEL. E se io in riguardo suo vi facessi una donazione di tutto il mio?

CLAR. Allora poi lo prenderei anche se avesse trent'anni di più.

CEL. Facciamola dunque.

CLAR. Ma con un patto.

CEL. Con qual patto?

CLAR. Che della roba che mi donaste, fossi padrona io e maneggiandola a mio modo, non avessi a
dipendere dalla seccatura d'un vecchio.

CEL. A questa condizione non si farà niente.

CLAR. E niente sia.

CEL. Voi mi volete veder morire.

CLAR. Perché?

CEL. Perché solo il signor Pantalone mi potrebbe dare la

vita.

CLAR. Eh, vi vuol altro per guarire dai vostri cancheri.

CEL. (*Sputa forte*) Che parlare sguaiato!

SCENA QUINDICESIMA

Flaminia, Florindo *e detti.*

FLA. Ora mi lusingate, caro fratello. Ho motivo di non vi credere.

FLOR. Eppure credetemi, ch'ella è così.

CEL. Caro amico, voi che avete della bontà per me, persuadete voi mia nipote a fare una cosa buona.

FLOR. Che cosa, signore?

CEL. A sposare il signor Pantalone.

FLA. Sentite? Non ve l'ho detto?

FLOR. Evvi qualche trattato fra lei ed il signor Pantalone?

CEL. Vi potrebbe essere.

CLAR. Basterebbe ch'io volessi.

FLA. Ecco; sentitela. (*a Florindo*)

FLOR. A me il signor Pantalone si è dichiarato parzialissimo di mia sorella.

CEL. E con me si è mostrato inclinatissimo per mia nipote.

FLOR. Il signor Pantalone si burlerà dell'una e dell'altra.

CLAR. Io non sono una persona di cui la gente si prenda giuoco.

FLOR. Né mia sorella sarà impunemente schernita.

CEL. La signora Flaminia non è impegnata col signor Ottavio?

FLOR. Col signor Ottavio ogni trattato è sciolto.

CLAR. Ed ella volentieri si mariterebbe in Venezia.

CEL. Non so che dire: giacché non ha difficoltà di sposare un uomo avanzato... posso esibirmi ancor io.

CLAR. Non ci mancherebbe altro, per crepare in tre giorni.

CEL. (*Sputa*)

SCENA SEDICESIMA

PANTALONE *e detti.*

PANT. Con buona grazia, son qua. I m'ha dito che sior Celio me cerca. Patroni reveriti.

CEL. Sì, caro amico. Sono io che vi cerca, perché ho bisogno di voi.

FLOR. Anch'io ho da parlarvi, signor Pantalone.

PANT. Son qua per tutti. E elle comandele gnente da mi? (*a Flaminia e Clarice*)

CLAR. La signora Flaminia vorrebbe qualche cosa.

PANT. La comandi, patrona. (*a Flaminia*)

FLOR. La signora Flaminia vorrebbe sapere, se voi prendete spasso di lei.

PANT. Per cossa me disela sto tanto, patron?

FLOR. Che cosa avete voi detto a me tre ore sono, in proposito di mia sorella?

PANT. Ho resposo a quel che vu m'avè dito.

FLOR. Io vi ho detto, ch'ella desiderava di maritarsi in Venezia.

PANT. E mi ho resposo, che saria fortunà quell'omo che ghe toccasse.

FLOR. Ho soggiunto, che sarei contentissimo se voi foste quello.

PANT. Ho replicà, che no me chiamerave degno de sta fortuna.

FLOR. Ed io ho promesso di parlare con lei.

PANT. E mi ho mostrà desiderio de sentir la risposta.

FLOR. Che dice ora il signor Celio, che si tratta l'accasamento fra voi e la signora Clarice?

PANT. Se el se tratta, ho da saverlo anca mi.

CEL. Non v'ho io detto, che mia nipote ha qualche inclinazione per voi?

PANT. Xe vero; e mi cossa v'oggio resposo?

CEL. Avete parlato con della stima di lei.

PANT. I omeni civili no desprezza nissun. Ma za che semo alle strette, parlemo schietto, e spieghemose un poco meggio. Mi veramente son arrivà a sta età senza maridarme, perché

83

m'ha piasso la mia libertà, e la vita che me piaseva de far, no la giera troppo comoda per una muggier. Adesso son in ti anni. Me xe morto do sorelle, che me serviva de compagnia; me governo, vago a casa a bonora; e se me capitasse una bona occasion, fursi fursi faria in vecchiezza quello che in zoventù non ho volesto far. In sta casa per altro non son vegnù co sto fin. Colla siora Clarice ho parlà a caso, co siora Flaminia ho parlà per el sior Ottavio. Tutte do le se ha cavà spasso de mi, le m'ha tolto per man. Ho secondà el lazo, e ho resposo a tutte do de trionfo. Co sior Celio e co sior Florindo ho parlà con respetto, con un poco de accortezza, ma senza gnente impegnarme. Son un galantomo; se le mie parole se pol intaccar, son pronto a dar sodisfazion a chi vuol. Ma le sappia ste do patrone, che son a casa anca mi, che dalle donne no m'ho lassà mai minchionar, che con chi dise dasseno son capace de dir dasseno anca mi, e con chi se diletta de minchionar, cognosso el tempo, e so responder da cortesan.

FLOR. Che dite voi, signora sorella?

FLA. Dirò...

CLAR. Risponderò prima io, signore.

PANT. Avanti che le responda, le me permetta che ghe diga altre quattro parole. Se qualcheduna intendesse de dir dasseno, e se con una de elle avesse la sorte de compagnarme, xe giusto che avanti tratto ghe diga la mia intenzion. In casa mia se vive alla vecchia; le donne le ha da star a casa, le xe fatte per star a casa, e no per andar tutto el zorno a rondon. El carneval una volta all'opera, una volta alla commedia, e po basta. Anca se le volesse ballar, se unisse el parentà, e con un per de orbi se balla. Ho praticà el mondo; so quel che nasce, quel che succede; no digo de più, perché no me vorave far strapazzar. Mi l'intendo cussì. Alla vecchia se fa cussì. Chi ghe comoda, me responda; e chi no ghe comoda, se ne vaga a trovar de meggio.

FLOR. Che dice la signora sorella?

FLA. Per me risponderò...

CLAR. Perdonatemi, voglio prima risponder io.

CEL. Sì, nipote, dite voi la vostra savia intenzione.

PANT. (Cussì scoverziremo terren). (*da sé*)

CLAR. Rispondo dunque, e dico, che il signor marito alla vecchia non è fatto per una giovine alla moderna. Che a questo patto non isposerei un re di corona. (*parte*)

CEL. Venite qua, sentite.

PANT. Adesso cognosso che la me burlava.

CEL. Costei vuol essere la mia morte. (*sputa*)

PANT. Cossa dise siora Flaminia?

FLA. Io, signore, che non vi ho mai burlato, ma che sempre ho avuto per voi della stima e della venerazione, vi dico e vi protesto, che mi chiamerei fortunata se vi degnaste di me, e mi trovereste rassegnatissima al vostro genio, al vostro savio costume.

PANT. Adesso cognosso che la me diseva dasseno.

FLOR. Mia sorella ha diecimila ducati di dote.

PANT. E mi gh'ho tanto da poderghela sigurar.

SCENA DICIASSETTESIMA

ARG. Signori, è qui il signor Ottavio, che vorrebbe passare.

FLA. Io non lo voglio vedere.

PANT. La se ferma. La lassa che el vegna, e no la gh'abbia suggizion. Con licenza de sior Celio, diseghe che el vegna avanti.

ARG. Che ha la signora Clarice, ch'è venuta di là ridendo?

PANT. La gh'ha le gattorìgole in tel cervello.

FLOR. Non crederei che Ottavio potesse pretendere...

PANT. Sior Ottavio el va via domattina.

FLOR. Se non ha denari.

PANT. El gh'ha più de cento zecchini. Lo so de seguro.

FLOR. Come li ha fatti?

PANT. I ghe sarà vegnui da Livorno. (No vôi far saver che ghe li ho dai mi). (*da sé*)

CEL. Caro signor Pantalone, non mi abbandonate per carità.

SCENA DICIOTTESIMA

OTTAVIO *e detti.*

OTT. Che novità è questa? È vero quel che mi ha detto la signora Clarice? Il signor Pantalone sposerà la signora Flaminia?

PANT. Pol esser che Pantalon la sposa.

OTT. Se ciò fosse, egli mi averebbe fatto una mal azione.

PANT. Pantalon no xe capace de far male azion. Co siora Flaminia no vol sior Ottavio, sior Ottavio no la pol obbligar. Son galantomo; e che sia la verità, la pensa meggio a quel che xe passà tra de nu. Sto anello, co la lo vol, xe sempre a so requisizion.

OTT. (Ho capito; merito peggio; mi rimprovera con ragione). (*da sé*) Florindo, se nulla vi occorre da Livorno, partirò domani.

FLOR. Buon viaggio a voi.

OTT. Riverisco lor signori. (*parte*)

PANT. (Anca questa la xe giustada). (*da sé*)

FLOR. Dunque, signor Pantalone, siete disposto a prendere mia sorella?

PANT. Basta ch'ella sia disposta a tor un omo della mia età.

FLA. Son contentissima. Eccovi in testimonio la mano.

PANT. La chiappo in parola. Una donna della so prudenza e della so bona condotta no el xe partìo da lassar. (E diesemile ducati no i xe una sassada). (*da sé*)

CEL. Ah signor Pantalone, giacché mia nipote è una pazza, voglio venire a stare con voi. Prendetemi in casa vostra per carità.

PANT. E vostra nezza?

CEL. Finché si mariti, la metterò in ritiro.

PANT. Volentiera. A sto patto sè paron de casa mia. Con mi no gh'averè flati, no gh'averè rane. Staremo allegramente, e con direzion.

> Son stà un omo bizzarro in prima età;
>
> Bizzarro me mantegno anca in vecchiezza.
>
> Per no sacrificar la libertà,
>
> Del matrimonio odiava la cavezza.
>
> Me marido alla fin, perché ho trovà
>
> Dota, muso, bontà, grazia, saviezza.

E al despetto dei anni e del catarro,

La vita vôi fenir Vecchio Bizzarro.

87

Fine della Commedia.